島田荘司

寝台特急1/60秒障礙

董炯明—譯

【導讀】

島田莊司的旅情傳奇

既晴

期待已久，終於見到刑警吉敷竹史的登場作《寢台特急1/60障礙》了。

這是島田莊司的第四部長篇，也是另一個新系列的開始。島田連續發表《占星術殺人魔法》與《斜屋犯罪》兩本創造嶄新詭計、追求極致鬥智的御手洗潔探案之後，雖然受到一部分本格迷的熱烈迴響，但在整個日本推理文壇上，卻仍然無法獲得廣大的市場支持。

當時的一般推理評論，都將島田的作品認為洋溢著復古風味的傳統解謎作品，他們認同島田具備了充滿魄力的華麗文采、匠心獨具的謎團擘畫能力，但難以接受島田刻意違逆當時盛行的寫實潮流，執拗地捨棄警探、檢察官、律師、記者等合理地涉入罪案、進行搜查之角色，反而要回歸二十幾年前在社會派大師松本清張出現之前的業餘偵探，讓人頗覺遺憾。

基本上，業餘偵探的角色得以盛行，是因為在二十世紀初期，警政制度仍未建立完備之時，一般民眾對於警察既不瞭解也有些畏懼，關於法醫驗屍、刑事鑑識等判定犯罪事實的科學知識系統，亦尚未與法庭審理程序妥貼地輔佐驗證，而警察自身的權責範圍定義模糊不清，對人權保障的考量一知半解，因此推理小說家找到了創造力發揮的空間，得以信手生就一名天縱英明、伸張正義的業餘偵探，智慧超群地破解複雜的謎案、揪出狡猾的兇手，順便也把光會吃飯、不會做事的駑鈍警察狠狠修理一頓……

對警政制度的嘲弄，其實就是一種對國家政府的嘲弄，也是任情俠義的庶民風範。就像我們經常聽聞到有人會拍下警車違規停車的照片寄給電視新聞報導的情形一樣，是因為民眾對交通警察常開罰單的舉動有所不滿。那時的推理小說，正是個讓普羅大眾能夠在潛意識中宣洩積怨的休閒娛樂。不過，這樣的功能已經在警政制度逐漸明確之後迅速消失了。犯罪偵查變成檢警單位的職務，其他人無從置喙。至於徵信社仍然存在，但調查的多半是尋人或伴侶的外遇。業餘偵探插手刑案，並且把警方比下去，類似的情節已經成為歷史。島田再強悍的寫作執念，也無法抵擋八〇年代的日本推理寫實趨勢。為了維持創作生涯，島田只得暫且將最想創作的本格推理蟄伏於心，更弦易轍地改寫符合一般讀者口味的警探小說。當時日本推理最流行的，是由西村京太郎的《臥鋪特快車謀殺案》開始的『旅情推理』。日本是位於環太平洋地震帶上的島國，具備相當面積的幅員，由於太平洋板塊、歐亞板塊的擠壓，導致日本山巒林立，要串聯整個島國的交通往來，完全憑藉錯綜複雜的鐵路建設網脈。

由於日本國民所得逐年增高，民眾逢假出遊在當時已經成為一種新潮的休閒方式，比起國外旅行，在國內觀光比較省錢，所需時間也較短、較有彈性。報導各地名勝風光的旅遊雜誌充斥書市，搭乘火車旅遊，行經任何一站還可決定下車，更有一種自助隨興的愜意感。西村看準了這樣的趨勢，因此開始將火車時刻表徹底利用。在他的推理小說中，經常在命案發生不久後，筆下的名警探——十津川省三偕同夥伴龜井，很快地找到一個懷有強烈動機的嫌犯，但是這名嫌犯卻在死者身亡的時段內，因公或因私搭乘火車遠離犯罪現場。於是，十津川必須一步一腳印，搭乘嫌犯所坐過的列車，尋找火車轉乘的隱匿破綻，以破解嫌犯偽造的不在場證明。因為遊歷四方，順便還可介紹一下當地旅遊情報，為讀者帶來另類的閱讀樂趣。西村的做法很快地廣受歡迎，也引來眾多推理作家的跟隨。

十津川及龜井踏實苦幹的警探形象，出現在島田的第三部長篇《死者喝的水》的主角牛越佐武郎身上——這個角色也曾在《斜屋犯罪》擔綱警方領頭人，而這部作品的確彰顯了島田深刻素樸、不同以往的翔實文風，但牛越平凡的中年人模樣，作為配角尚可，作為主角的話，則絕對無法超過十津川的成就。次年，島田接受了編輯的建議，創造出迎合日本女性讀者期待的刑警吉敷竹史。吉敷任職於搜查一課，身高一百七十八公分，長相俊俏、身材修長，外貌有點像混血兒，個性充滿正義感，追緝罪案鍥而不捨。牛越再度退居配角，支援吉敷的北方搜查。此外，島田也一改過去作品中細膩得甚至有些囉唆的鋪陳方式，在這本吉敷的登場作《寢台特急1/60障礙》裡充滿乾淨俐落、節奏明快、平和近人的筆法，減少了實驗性強烈的怪奇敘述，讓人更易於在搭車或等待的空檔任意瀏覽閱讀。島田的妥協，迅速贏得了亮眼的銷售佳績。在時機尚未成熟之前，過於前衛的嘗試畢竟不容易為一般人所認同。後續的吉敷探案很快地繼而發表，在《北方夕鶴2/3殺人》達到讚譽如潮的高峰，也讓島田終於等到初期兩部本格作品所引爆的『新本格浪潮』，可以回歸御手洗潔的解謎探索。因此，本書亦可說是島田作家生涯的一大轉捩點。

初期的吉敷竹史探案雖然是蕭規曹隨型的旅情推理，但《寢台特急1/60障礙》能夠在競爭激烈的市場上一舉獲致成功，並不只是單純的模仿。儘管吉敷仍然必須面對複雜的火車時刻表，在日本全島披星戴月地四處奔波，然而島田為旅情推理加入了嶄新的元素，這絕對才是吉敷探案大受好評的主因。這項嶄新元素，即是警探小說與『都市傳說』（urban legend）的融合。所謂的都市傳說，一般指的是以都市生活為主、盛行流傳於巷弄街道間的謠言。都市是一大群人的密集群聚地區，資訊多元、組成分子複雜，充斥著疏離短暫、淡薄冷漠的人際關係。

例如一項著名的都市傳說，描述了一個男子獨自遠赴異國旅行，在燈光昏暗的酒吧裡遇見一名性感美艷的妙齡女子，兩人在廉價的旅館中發生了一夜情。在激情結束，男子進入夢鄉。不知過了多久，男子頭痛欲裂、猛然醒轉，卻發現女子早已不知去向，而自己竟全身赤裸地躺在注滿冰水的浴缸中！男子在浴缸旁發現一張紙條，上面的字句警告他快打電話叫救護車。因為，他的兩顆腎臟已經在睡夢中全部被割下帶走了，再不就醫就會一命嗚呼！男子伸手摸索背後，果然發現臀上左右各有一道新鮮未癒的手術傷痕。他這才發現，原來美女的誘惑是恐怖的陷阱……

——這就是『偷腎者』的都市傳說，令人真假難辨，極為驚悚、極為不可思議。

西村京太郎的旅情推理，絕大多數缺少都市傳說的驚悚感，一般僅止於描述金錢情仇的尋常動機。但是島田莊司將他原就擅長的怪奇謎團製造功力，注入寫實日常的都市犯罪事件中，遂呈現出前所未有的戰慄魅力。

以類似康耐爾・伍立奇《後窗》的情節為其序幕，小說家安田常男透過望遠鏡偶然瞥見一具臉孔遭人剝除的女屍。但這具死亡的屍體，卻在警方的調查中逐漸發現，她恍若幽靈般的身影，在死後搭乘了隼號臥舖特快車，甚至留下信實可徵的照片。充分展現了寫實情境與詭異氣氛交相融合下的怪誕現代都會生活，這樣順應時勢卻又獨出胸臆的情節安排，正是島田首次脫胎換骨的蛻變證明。

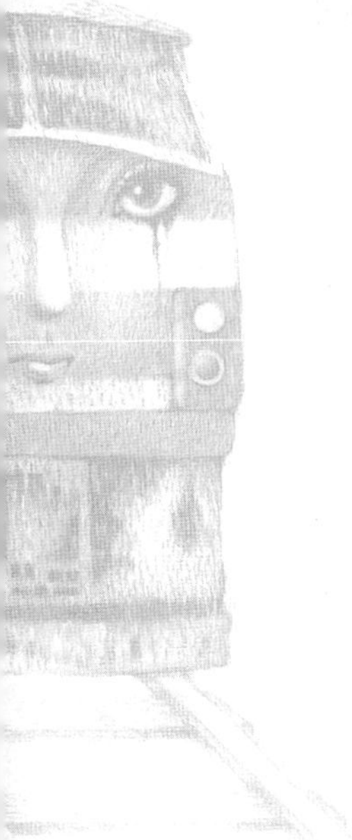

第一章
被剝臉皮的女人

1

作家安田常男擱下筆，呆望窗外。外面天色蒼然，看來已是拂曉時分。運筆越來越呆滯，安田知道現在寫不下去了。伸直盤在被爐內的雙腿，一面伸懶腰一面往後靠。展開的手臂無意中碰到一件硬物。那是支雙筒望遠鏡。安田拿起望遠鏡，站起身來。走出狹窄的陽台，用抹布擦乾陽台上的木椅，安田坐到了椅子上。昨晚有雨，椅子被淋濕了。安田點了支煙，呼了一大口氣，環視正在變亮的成城街頭，然後把雙眼貼在望遠鏡上。

拂曉時分的街頭，常可看到匪夷所思的醜陋場面。他就曾見到一對年輕男女坐在公車站的長椅上，那女的多半是夜總會小姐吧，兩人一邊調笑一邊撫摸對方的身體。

但那是夏天的事，可能因為天氣熱的關係，女性也顯得比較開放。有時甚至能從窗簾大開的窗口看到房中只披著薄衫的女性撩人姿態，令人大飽眼福。可惜現在是冬天。

所以在這種季節偷窺時，多半不會有什麼收穫。安田用望遠鏡對著漸漸明亮的雨後初晴街道大略梭巡一遍，然後將視線聚焦在平日經常注意的那個窗口。

這間房裡住著一位非常可愛的女子。安田寫稿寫累時，就會走出陽台，窺視這房裡的女人。這女人約莫二十五歲，看樣子仍是單身。經常有男人上門拜訪，偶爾能看到她脫下短裙，或是浴後正在吹乾濕髮的場面。這種場面當然是可遇不可求。安田此刻跑到陽台舉起望遠鏡，也只不過希望能看到夜總會小姐蹲在電線杆後的不雅姿態而已。但事實上，連這點小小的期望也落空了。於是，安田不知不覺地又將視線轉向那女人的房間。

那女人的公寓樓距離安田的公寓大約五十公尺，由於兩者之間僅僅夾著幾棟低矮的建築，所以用雙筒望遠鏡觀察時，那女人房間的陽台和佔據陽台一角的冷氣機以及盆栽花草等就像近在眼前，一覽無遺。

女人房間的燈關著。那是理所當然的。看看手錶，才剛過早上六點半，那女人多半還在床上吧。

天氣頗冷，安田覺得有些無聊，準備鳴金收兵。正當他要放下雙筒望遠鏡時，手卻停住不動。安田驀然發現陽台旁邊的小窗開著。

根據安田的觀察經驗，知道這小窗裡面就是浴室。正因為是浴室窗戶，所以做得不大，而且用的是往內拉開的毛玻璃。此刻，就在這狹窄的V字型縫隙中，安田清楚看到了那女人的裸體。安田雙眼發光。終於讓他目睹這女人的出浴場面了！安田不由得坐直身子，抓住望遠鏡仔細觀察。但仔細想想又覺得奇怪。現在才早上六點半喔。雖然也有人在這時候洗澡，但浴室為什麼不開燈呢？

外面天色雖已大亮，但室內仍是一片昏暗。在這個季節這個時刻，在浴室裡沒理由不開燈吧?!安田端坐著調整雙筒望遠鏡的焦點。因為現在室內昏暗，他還看不清楚，等天色再亮一點，應該就能看到更多細節了吧。安田咕嘟嚥了一大口唾液。他已經連續幾年鍥而不捨地偷窺那女人的房間，但直到現在才得到這麼大的收穫。女人好像在泡澡，此刻正優閒地躺在浴缸中。

通過窗戶的V字型縫隙，只能見到女體的中段。最上方是女人的脖子，然後可見到裸露的雙肩和隆起的雙乳，可惜看不到乳頭。啊！V字型窗縫實在太窄了。

從窗縫只能看到下巴，自然就看不到那女人的臉孔了。真是令人遺憾。但只要等女人從浴缸站起，她的下半身不就盡入眼簾了嗎。安田忘了寒冷，屏息以待。

但事情不如他的想像，五分鐘過去了，十分鐘又過去了，那女人在浴缸中的姿勢並未改變。

此時太陽升起了，馬路上開始看到往來車輛和行人。那女人所住公寓的其他房間陸陸續續拉開了窗簾，但令人不解的是，在那個女人的窗戶裡，時間似乎凝固了，女人沒有任何動靜。

安田看看手錶，時間已將近七點半，他偷窺那女人的房間已差不多一個小時了。啊！快一個小時了呀——安田嘟囔著。也就是說那女人已經在浴缸裡泡了一個小時了。

街上開始變得熙熙攘攘。人聲和車聲混合成一種難以形容的低沉噪音，傳到了安田站立的五樓陽台。安田總覺得這是一種憂鬱的市音。尤其在通宵熬夜寫作，身體疲勞不堪之時，聽到早晨的大都市發出的噪音，總是讓他不快。

此刻，從房間傳來妻子的聲音，看來妻子已經醒來了。陽台的玻璃門微開著，安田擔心妻子會著涼，正準備伸手關門時，又傳來妻子的抱怨聲：『不用的話，就把電燈關掉吧。』

安田慌忙走進屋裡，把雙筒望遠鏡藏在書架旁，然後關掉照在稿紙上的電燈開關。

安田躺在床上，床上留有剛去上班的妻子的體溫，他繼續思考對面浴室裡那女人的事情。對安田來說，他雖以偷窺為樂，但本人卻有強烈的失敗者心態。他生平最怕捲入他人的是非之中，也怕為別人的事情拋頭露面。總之，這世界上發生的一切事都與他無關。即使周圍的人事出現異常，就讓他們自己解決好了。

一覺醒來，發現室內已變得昏暗。看看時鐘，已近下午六點。由於早上一直睡不著，所以一睡就睡到現在。此刻離妻子平常到家的時間還有三十分鐘。他馬上想起對面浴室裡的女子，心想是否該馬上起床，繼續去陽台用望遠鏡觀察？這時一絲恐懼之感，悄然襲上心頭。

安田起床後先去玄關拿晚報，仔細閱讀社會版的每一則報導，但找不到他預期的新聞。回到起居室打開電視，這時正好開始播報晚間新聞，他坐在床上凝神觀看，也沒看到任何特別消息。環顧屋內，他再次看到擱在書架旁的雙筒望遠鏡。於是，他拿起望遠鏡，無可奈何地走出陽台。外面天色已黑。也許那女人已經離開浴室了吧。但浴室窗戶一如早晨那樣開著。安田想，在這一點上，黃昏與早晨沒有變化。可是，現在浴室裡很黑，什麼都看不清楚。就這樣，安田怔怔地站在陽台。因為剛起床，腦袋還是混混沌沌的。那麼，清晨看到的那一幕是幻覺嗎？

翌日，一月二十日清晨。當天色破曉時，安田常男又開始坐立不安了。窗外露出一抹魚肚白，他匆匆寫了兩、三行字，便擲筆起身，走出陽台。令他吃驚的是，昨夜不知何時竟下了一場大雪，這是近年難得一見的大雪，厚實地覆蓋著街道和屋頂。為了不吵醒妻子，他關掉檯燈，輕輕地走出陽台，並把玻璃門關緊。在陽台上，他用布抹去扶欄上的雪，然後將望遠鏡置於扶欄之上。

他的雙眼靠近目鏡，將鏡身左右移動，尋找那女人房間的浴室。不一會，安田口中不由自主地發出恐懼的呻吟，他的膝頭開始微微顫抖。他看到：那女人依然毫無變化地浸泡在浴缸中。多麼不可思議的景象啊！白雪皚皚且被淡淡晨靄籠罩的冬日清晨，一個女人橫躺在浴缸中。

冷呀！安田設身處地想像那女人一定覺得非常冷。嚴冬的早晨，眼皮下街道的一切都覆上了厚厚的白色雪膜，安田眼前的金屬扶欄也是如此，所有東西似乎都結凍了。而那間浴室的窗內，甚至連時間也被凍住了。

安田放下望遠鏡，怔怔地站著，一時忘了觸臉生疼的寒冷。為什麼？他心裡開始發出重大的疑問。起初頭腦一片混亂，慢慢地，自己懷疑的問題終於清晰起來。

為什麼大家都沒注意到這件事呢？在人海茫茫的花花世界中，發現這一重大事實的似乎只有自己一個。眼前究竟發生了什麼事？與那女人住在同一棟公寓的左鄰右舍為什麼都沒發現呢？很快地他明白了箇中緣由：那是浴室窗戶的特殊開閉方法所致。安田是透過往內側打開的浴室窗戶縫隙才看到那女人的，或許只有自己所在公寓和自己所住的五樓陽台，才能看到這幕景象吧。

這天，安田常男沒有上床睡覺，中午時也只打了個盹，他很快醒來，看到時針指著三點，便趕緊起床，踉踉蹌蹌跑到陽台。他要趁太陽下山前，再仔細觀察這難以置信的景象。在雙筒望遠鏡的視野中照例出現那女人裸露的肩膀，但這景象已無法為安田帶來驚喜了。他可以看到一部分浴缸裡的水，但現在才發現水色的異常：那水好像鐵鏽水一樣呈紅褐色。就在這時，女人的身體突然動了起來！女體向下沉入浴缸，在雙筒望遠鏡的視野中，露出了那女人的臉孔。

安田不由得大聲驚呼——由於極度驚慌，他失去了自制力。真不敢相信！那女人竟沒有臉皮！在亂蓬蓬的黑髮中央，露出一團鮮紅的肉塊。而在肉塊中央，是兩排緊緊咬住的白齒。

2

一九八四年一月二十日，這是昨夜降了一場十五年來罕見大雪後積雪未消的星期五下午五點十五分，警視廳一課重案組的吉敷竹史接到通知後從另一個案件現場趕到此地，鑑識課的同事早已到達，且做了一番粗略的蒐證。

此地是世田谷區成城三段之二ＸＸ號『綠色家園』公寓三〇四室。警方稍早前接到匿名報案電話，說這房間的浴室裡有女人被殺。成城警署的人趕來此地，證實的確出了命案，死者名叫九條千鶴子。

當吉敷準備進入浴室時，鑑識人員正在拍最後一張照片。

『啊！竹君，你來晚啦。』聽到這招呼聲，吉敷駐足回首，原來是老相識：鑑識課的船田。

『哦！是船君呀，你也來了？』吉敷說道。吉敷的外型十分出眾：捲成大波浪的遮耳長髮、大眼睛、雙眼皮、高鼻梁、稍厚的嘴唇。他的個子很高，在刑警中猶如鶴立雞群。從外型來看，就像混血時裝模特兒。

『從櫻田門（東京警視廳所在地）來這出差的。』船田說道。他的體格年輕力壯，但身高上遠不如吉敷。

『是怎樣的死者呢？』吉敷問道。船田一時無言，然後喃喃說道：『你看了就知道，屍體很恐怖哦。』

吉敷沒脫鞋就走進浴室，鞋子在瓷磚上發出咔嚓聲。他從屍體背後見到女子的黑髮，這個女性死者橫臥在浴缸中。浴缸水滿到死者的脖子，好像紅色顏料溶解在浴缸裡一樣，整缸水是鮮紅色的。可以嗅到輕微的異臭。他慢慢轉到女人正面，禁不住倒吸一口氣。雖然他的工作需要長年面對死屍，但如此悽慘的屍體，他還是頭一次看到，只能用『慘不忍睹』來形容。

女人的軀體倒是非常完美：屍體很新鮮，肌膚雪白，身體曲線妙不可言。浸泡在小小的浴缸中，兩隻雪白的手臂搭在浴缸邊緣，令人覺得彷彿是大理石般的高級藝術品。髮型秀麗，波浪狀的鬈髮很美。從各方面來說，這女人都算得上一等一的美女。但令人震驚的是，這具女屍沒有臉孔。

屍體的臉部現在只剩下鮮紅的肉塊。肉塊中央有著紅色的隆起，表示此處曾是鼻子。在它下面突兀地露出白齒。或許為了表示不可理喻和不能理解的感情吧，上下兩排牙齒緊緊地嚙合著。正確地說，這些肉塊不只是紅色，而是紅色與果凍般的土黃色物質交織成橫紋狀。這些果凍物質垂掛在上下兩排牙齒和下巴上。本來該是眼睛的地方，只留下兩個暗淡的坑洞。

『太恐怖了，這屍體。』吉敷不由自主的嘀咕著，『這是怎麼回事？』

『臉皮被剝掉了。』

『有辦法嗎？』

『非常簡單。醫科學生解剖屍體時，都會剝臉皮。只不過沒這麼粗暴。』

『很快就能剝下來嗎？』

『是的。人體的皮膚與肌肉間有一層脂肪，用小刀或竹籤插進去，就能把皮膚剝下來。如果用的是這種粗暴的方法，只要五分鐘就能剝下來了。』

『臉上也有脂肪嗎？』

『有的。雖然與腹部或臀部相比薄了許多。你看，這黃色物質就是脂肪了。』

『剝皮是致命的原因嗎？』

『不，死因在此。』船田用手指著紅色的浴缸水。水中隱約露出登山刀的黑色刀柄，這把刀豎立在心臟附近。

『為什麼要把臉糟蹋成這副難看的樣子？』

『我不明白兇手的心理。看起來像印第安人的儀式，不，他們剝的是頭皮。』

『兇手是瘋子嗎？』

『也許吧。』

『是在這裡剝下死者的臉皮嗎？』

『看來是的。你看這滿缸的血水。欸！才新年正月，就碰到這種晦氣的事。』

此時，船田發現他們身後站著一個默不作聲的矮小男子。船田啊了一聲，趕緊說：『竹君，我來介紹。他是成城警署的今村先生。這位是警視廳一課的吉敷君。』

矮個子的今村刑警低頭致意，然後抬頭與吉敷對視時，禁不住多看了幾眼。

『太殘忍了！』今村說道。他是個樣貌平凡的中年刑警。

『在我多年警察生涯中，這麼悲慘的屍體還是頭一次見到。看來，兇手懷有強烈的怨恨吧……』

『正好把整張臉皮完整剝去，從額頭髮際至下巴的稍下方。但是，牙齒也剝露出來了。』吉敷說道。

『不，通常牙齒是不會外露的，因為嘴唇四周有種叫做口輪匝肌的肌肉。從這具屍體來看，由於兇手動作匆忙，沒把嘴唇閉合就開始剝臉皮。是兇手把刀插入死者口中將口輪匝肌破壞了。』船田說道。

『你是說兇手動作很匆忙嗎？』

『對，動作匆忙的痕跡很明顯。』

『船田先生說得沒錯。那麼，吉敷先生請往這邊走。』今村把吉敷帶到起居室。『角落裡接待客人的沙發被搞得很亂，我們盡量保持原狀。地毯也被捲到角落裡了。』

『是呀。』

『再看這邊。這東西原來應該在酒櫃上吧？』在今村所指的地方，有具大理石座鐘掉在地板上，鐘背朝上。今村戴上白手套，用雙手小心翼翼地把座鐘撿起來。座鐘刻度盤的玻璃有多處裂紋，指針停在三點十分剛過的地方，差不多是三點十分三十秒吧。

『這鐘，已經停了吧？』吉敷問道。

『是呀。也許是從這裡掉下……』今村用右手把座鐘放到酒櫃上，接著模擬掉落的情形。『然後，撞到金屬煙灰缸的邊緣，刻度盤的玻璃才碎裂的。』地板上還有一個黑色鐵製煙灰缸。

『座鐘為什麼會掉到地板上呢?顯然曾經有人在這裡發生爭執。你看，櫃子裡的玻璃杯也東倒西歪的。』

今村說得不錯。

『在爭吵時，可能是其中一人的背部撞到酒櫃吧。也可能是有人情緒激動用手推落座鐘。』今村做出靠近酒櫃的樣子。『目前我們還不清楚誰跟誰發生爭執，但浴缸裡的女人，一定是爭執中的一方。』

『現在很難判斷死亡的日期吧，甚至命案發生時間是上午或下午都不確定。我們只知道座鐘停在三點十分。』吉敷說道。

『不過，這女人倒是剛把座鐘的發條上緊。』

『那麼，船君。』吉敷轉頭問鑑識員，『你認為死者已經死了多久？』

『嗯，大概兩天吧，因為屍體沒有出現二度僵直的情況。至於正確時間，還要等屍體解剖及檢討種種因素後才能確定。』

『兩天？今天是一月二十日，也就是說這女人可能是前天，就是一月十八日下午死亡，那就是她的被殺時間嗎？』

『是的，死於前天的可能性很大。』

『再加上這東西。』吉敷指著停擺的座鐘說道。

『死亡時間應該是一月十八日下午三點十分過後囉？』

『對。目前按我們的見解，大致認為是這個時間。』

吉敷點點頭。今村則對那女人在下午三點去洗澡一事略感不解。吉敷又跑到玄關，因為他看到門口信箱下方丟著許多報紙。吉敷撿起報紙查看日期，共計有：一月十八日的晚報、十九日的日報和晚報、二十日的日報。這些沒人看過的報紙證明了女人在一月十八日下午死亡的說法。已看過的報紙都整齊地堆在廚房水槽邊。聽到拉窗簾的聲音，吉敷轉頭望去，見到一名警官正在拉窗簾，並打開電燈。太陽已經下山，室內開始變得昏暗。

『窗簾的情況如何？』吉敷向今村問道。

『我來到現場時，窗簾是拉上的。』今村回答。

『窗簾拉得很密實嗎？可是屋裡的家具卻亂七八糟。』

『是呀。那女人似乎準備外出旅行，那邊不是放著一個旅行袋嗎？裡面放著換洗衣服和九州觀光指南之類的東西。』

『剛才我問了公寓管理員，他說大前天也就是十七日見過那女人，那女人告訴他，從明天開始要去九州一帶旅行兩、三天。』

『嗯。』

『所以那女人關好窗，拉上窗簾，並準備了行李。』

『看來確實像要外出的樣子。那麼，在時間方面，是十八日的什麼時候外出旅行呢？』

『管理員說好像是十八日的黃昏。』

『這麼說來，這女人一定是搭乘夜間火車一類的交通工具吧。車上不能洗澡，出發前在家裡泡個澡倒也順理成章。』

『或許如此吧。』

『如果是這樣的話，她準備好行李正要出發時，突然來了個不速之客，然後兩人發生爭執，把室內的家具也弄亂了，還摔壞了座鐘，最後那女人在浴室中被刺殺，還被剝了臉皮……』

『你的假設成立的話，訪客一定是非常親密的熟人。如果是男性的話，很可能跟她有肉體關係。只有這樣，那女人才敢在有人在家的情況下脫光衣服進浴室。』

『嗯，這麼說來，這熟人或許有房門鑰匙，可以自己開門進來。』

『可能吧。不過這傢伙的目的絕對不是謀財害命。房裡的西式衣櫃和廚房的小抽屜裡有相當數量的現金，但都沒被拿走。』

『嗯。旅行袋裡的情況又如何？』吉敷邊說邊在旅行袋前蹲下來。

『旅行袋裡錢包內的錢也沒有損失。』今村答道。

吉敷打開袋子，又仔細翻了一遍，然後說道：『奇怪！』

『什麼？』

『那女人不是準備去九州旅行嗎？那車票到哪兒去了？……袋子裡找不到呀，是不是放在房間裡？』

『不。』今村搖搖頭。

『那她是怎麼處理車票的？』

此時，玄關大門傳來電鈴聲。

『可能是送報的，去問問他。』吉敷稍微提高聲音說道。今村奔出走廊。但是，從送報少年口中無法得到任何有用的消息。那少年說沒有發現任何異常，因為報紙堆在信箱下，他猜信箱主人大概出門旅行去了。這種想法很自然。在這個季節，屋內死者只死了兩天，還不會發出特別的異臭，所以不易引起他人懷疑。

吉敷站在置衣籃前。死者進浴缸前脫下的衣服，略顯凌亂地丟在籃中。吉敷彎腰拿起這些衣服。最上面是件明亮的粉紅色毛衣，再來是灰色西褲，最下面是緊身襯褲和長統襪。

『沒有胸衣呀？』今村用的是老式說法。確實，籃裡沒有胸罩。

『這裡有外套。』今村一面指著隨便掛在附近架子上的灰色厚呢短大衣一面說道，『但在這種寒冷的季節，難道她裸著上身穿毛衣嗎？就算是新潮不戴胸罩，也該穿件內衣之類的吧。可是，籃中既沒有胸罩，也沒有內衣。』

『這裡有沒有放待洗衣物的籃子？』

『嗯，那邊的籃子看起來像洗衣籃。對，待洗的衣物都丟在籃子裡。』

『那麼，或許丟在那籃子裡了。』

『嗯，沒錯。』

『死者的籍貫是哪裡？她是東京人嗎？』

『不，據管理員說，她的出生地是越後地區的新潟縣今川鎮。這是她的老家地址，我們的轄區警署正在聯絡中。』吉敷把地址寫在自己的筆記本上。

『職業呢？』

『好像是銀座的夜總會小姐吧。我們在屋裡發現不少火柴盒，或許就是那家酒店。』

火柴盒上印著銀馬車夜總會的名字，上面還有電話號碼和位於銀座的地址。

『是銀座的銀馬車夜總會嗎？』吉敷問道。

『對。向公寓裡的住戶打聽，都說她在銀馬車夜總會做事。』

『要不要馬上去一趟？』

『好啊。』

兩人並肩離開了三〇四室。

3

兩人出了走廊，正好與對面開了一條門縫以懷疑神色窺探三〇四號的住戶視線相接。看到從屋裡突然走出兩個刑警，那人反射性地立即關門。但兩人逕自上前，按下門鈴。

『誰呀？』屋內傳來明知故問的女人聲音。吉敷拿出警察手冊，舉到房門窺視孔前。

『我們想了解一下妳對門鄰居九條小姐的事情。』

房門打開了，露出一張四十歲左右，神色緊張的主婦臉孔。

『可不可以解開這個……』今村指著門鏈。那婦人急忙鬆開鏈條。

『請問最近兩、三天妳有沒有注意到，對面的九條小姐有什麼異常舉動？』吉敷問道。

『不，今天和昨天，我都沒見過九條小姐。』

『那麼，妳前天見過她了？』今村問道。

『對，有見過。』

『什麼時候？』

『我想是午飯時間吧。我一吃完午飯就準備出去買東西，在走廊上見到九條小姐。』

雖然發問的是今村，但婦人的視線一直看著吉敷。

『出大事情了，太太。』今村說道。『十八日下午三點左右，對面九條小姐的房裡應該發生了某種異常的事情，妳有沒有聽到什麼不尋常的聲音？』

『是的，我有聽到。』這婦人過分乾脆的回答，讓兩個刑警稍感意外。

『妳聽到什麼呢？』

『有人吵架的聲音。』

『嗯，是吵架聲……有聽到爭執時丟東西的聲音嗎？』

『有。』

『是打破東西的聲音嗎？』

『嗯，好像是吧。』

『什麼時候？』

『下午三點過後。』

『其中一個是九條小姐嗎？』

『我想應該是吧，因為是女人的聲音。』

『對方呢？』

『是年輕男人的聲音。』

『室內是不是有好幾個人？』

『不，聽起來只有兩個人。』

『妳的意思是說只有九條小姐和另一個男人？』

『對。』

『在吵些什麼呢？』

『這個嘛……詳細內容聽不清楚。畢竟隔了兩道牆嘛，再說我又開了電視。』

『要是聽到吵架的內容就好了，這很重要啊。』

『是嗎？』

『吵架時，會不會有其他人聽到他們的聲音？』

『你是說住在這棟公寓裡的人嗎？我想應該沒有。』

『九條小姐是怎麼樣的人呢？』

『嗯，怎麼說呢……噢，她是個漂亮的女人。』

『是個平易近人、率直爽快的人嗎？』

『嗯，哦……』

『她擅長與人相處嗎？』

『不，人際關係看來不大好，至少跟我的關係不算好，就算在走廊上見面，也只是點點頭而已。』

『有關她的出生地，還有家屬、職業這些事情，她有跟妳提起過嗎？』

『不，從來沒有。』

『那她從事什麼工作，妳也不清楚了？』

『對，我不大清楚。』

『有沒有男人上門來看她？』

『以前，好像經常有男人上來。』

『是年輕人嗎？』

『不，看起來是中年人，開著豪華轎車來。』

『都是同一個男人嗎？』

『應該是吧。不過這只是我的猜測，因為我也不是經常看到。』

『除了這個中年男士，還有其他男人經常上來嗎？』

『那就不清楚了，因為我沒見過。』

『那麼，前天與九條小姐吵架的年輕男人，妳見過他的樣子嗎？』

『嗯，看到一點點啦。』

『什麼？見過?!』

『是呀。那天下午聽到猛烈的撞門聲，我想發生什麼事了？就打開門看看。』

『撞妳的門嗎？』

『不，撞的是對面三〇四室的門。』

『原來如此，失禮了。』

『我開門觀察，只看到一個年輕男人在走廊裡跑向電梯，所以看到他的背影。』

『這是妳第一次見到這個男人嗎？』

『嗯，我想應該是第一次吧……不過，我只見到他的背影，沒看到臉，所以不能確定。噢，隔壁的戶谷一定有清楚看到那個男人。』

『戶谷？為什麼？』

『戶谷那時正好在電梯口，所以她有看到那男人的正面。』

『啊，那太好啦，稍後我們再向她討教吧。那麼，那個年輕男子是什麼時候逃離九條小姐的房間呢？』

『不到三點半，應該是二十七分或二十八分吧。』

『妳怎麼知道不是三點半呢？』

『三點半我有電視節目要看，看到那年輕人的背影時，節目還沒開始。』

『原來如此。進屋後妳就馬上開始看電視了？』

『對。』

『那年輕男人的穿著如何？』

『這個嘛，記不太清楚了。我只記得那年輕男人抹了很多髮油，穿牛仔褲和白色帆布運動鞋。』

『那上衣呢？』

『上衣倒是記不起來了，好像是毛衣，也可能是其他衣服。噢，這個年輕男人留著長髮。反正，你們去問問戶谷就清楚了。』

『年紀多大？』

『差不多二十四、五歲吧。不，我不能確定，因為我只看到背影而已。』

『身上的東西呢？他手上有沒有拿什麼東西？』

『我記得他拿著一個皮製的手提包。』

『關於這男人的身分，有什麼線索可以提供嗎？』

『很抱歉，我完全不認識這個人……』

把剛買的東西一股腦兒堆在地板上的家庭主婦戶谷，她提供的線索也跟前一位差不多。

雖然她跟那年輕男人正面相遇，但說到男人穿的衣服，她卻一點都記不起來了。倒是關於那男人的臉孔她有些記憶。年齡方面同樣是估計二十四、五歲左右，沒戴眼鏡，頭髮梳得很服貼，有點飆車族的狂暴模樣。體型瘦削，個子高大。今村指著吉敷用嫌惡的語氣問是不是跟他一樣高？因為吉敷身高一七八公分，而今村只有一五九公分。

關於三〇四室的爭吵，戶谷說沒聽到。至於其他方面，戶谷也沒能提供比前一位主婦更多的消息。

接著，兩人對公寓內的所有住戶依序詢問，但只有三樓的住戶知道九條千鶴子。而三樓的其他住戶，都未能提供比前兩位主婦更多的線索。

查詢結束回到三〇四室途中，他們又見到第一位主婦。吉敷突然想起一件事，問道：

『十八日中午見到九條小姐時，她是不是穿著一件粉紅色毛衣？』

婦人稍微想了一下後搖搖頭說：『不大記得了，但好像不是。』

『那麼，下半身穿什麼？是一條灰色便褲嗎？』

這次主婦毫不猶豫地回答：『不，她穿的是裙子。』

『是嗎？那麼三點半以後，妳就再也沒有見到她了是嗎？』

『嗯，之後就再也沒見過了。』

『那個年輕男人也沒再回來過嗎？』

『嗯，之後我就沒再見過。』婦人答道。

4

吉敷竹史獨自回到警視廳，走進通訊中心。『那報案電話什麼時候打來的？』吉敷問道。

『下午四點二十一分。』

『從公用電話打來的嗎？』

『對。』

『好。讓我聽聽吧。』

工作人員插入卡帶，按下重播鈕。這是通報九條千鶴子死亡的匿名一一〇報案電話錄音。吉敷想知道匿名電話是不是從公用電話打來是有理由的，因為若從其他地方打來，就算對方掛斷電話，線路其實仍然相連，很容易做反向追蹤。

『喂，這裡是一一〇報案中心。』聽到值班警官的聲音。

『喂喂喂，是一一〇嗎？』明顯因緊張而變得高亢的男聲，『在世田谷區成城三段之二XX號「綠色家園」公寓三〇四室的浴室內，可能有個女人死亡，請馬上調查。』

『請告知貴姓大名和住所地址。』

『就是三〇四室嘛，三樓最南端的房間，有個年輕女人死亡。』

『喂喂，請告知你的姓名和住址。』

『我跟這件事沒有關係，只是路過而已。我是熱心助人，所以才打電話告訴你們的。』

『你為什麼知道那房間裡有死者呢？為了幫助我們進行調查，請告知大名和住址。』

『請見諒，我與這件事完全無關。』接下來是掛上話筒的聲音。

『嗯，聽起來不像年輕人的聲音。』吉敷說道。

『好像是中年人吧。』

『對，我也有同感。不過，只是路過的說法讓人莫名其妙。』

『是呀，有點怪怪的感覺。電話裡說的明明是三樓啊。』

『是呀。』

『從樓下馬路，能看到三樓房間裡面嗎？』

『當然看不到。』

『會不會房門開著，有人經過走廊？』

『不會的。我雖然不是第一個到達現場，但聽轄區警署的同事說，他們是向公寓管理員借了房門鑰匙才開門進去的，所以，就算有推銷員之類的走過那公寓的三樓走廊，也不可能看到屋裡的情形。房間靠走廊那一側也沒有窗戶。』

『報案人是闖空門的嗎？』

『不可能，因為室內的現金與貴重物品完全沒有損失。』

『隔壁有沒有相鄰的大廈？會不會有人從相鄰大廈看到這邊房中的情況？』

『不會，因為周圍都是低矮的兩層民房，不可能看到三樓公寓裡的浴室。』

『那麼，報案者可能就是兇手本人或同夥了？但他的聲音，除了死者外就沒有其他人知道了。』

『嗯，是有這個可能。但是，為什麼要報警呢？』

『意識到自己犯罪吧。也許這男人本來不想殺那女人的。』

『目前鑑識部門還沒正式告訴我們死亡推定時間，所以我們很難對此案做出清楚的說明。不過，那女人在一月十八日下午三點過後被殺的可能性很大，那時候，住在死者對面的婦人聽到死者屋內有爭吵聲和擲物聲。據說對手只有一個人，沒有同夥。』

『如此說來，報警的就是兇手本人了。』

『可是，三樓的兩個家庭主婦當時看到從死者房中逃出的男人，年紀差不多二十四、五歲，那顯然不是中年人。』

『啊，原來如此，那報案者到底是誰呢？』

接著，吉敷又去了銀座。殘雪在路邊凍結，夜已深了，要去銀座夜總會查案，現在正是時候。吉敷一面走一面想著。假如打一一〇報警的人就是十八日下午三點半前從三〇四室逃走的年輕男人，事情就好辦了。只要有向警方坦承罪行的悔改之心，說不定過幾天就會出來自首了。再說，若能以這通電話為線索，順藤摸瓜找到報案者的住址，這案子就容易破了。不過，以上假設的前提必須是報案者就是兇手本人才能成立。

如果是這樣的話，吉敷想，就算是這樣一通短暫的通話，也可以找到不少追查聲音主人所在地的線索。而通話中最奇怪的，莫過於『路過』這個詞。

顯然，『路過』的人無論如何不可能發現死在三樓室內的女人。反過來說，報案者可能是以某種形式存在九條千鶴子身邊的人物。

是地理上的關聯還是人際上的關聯目前很難做出結論，總之是住在附近的人將這女人殺死或發現了被殺死的女人，然後向警方報案。所以，他才特別用『路過』這說法。

所謂『路過』，言外之意就是要表明自己住在遠離死者的地方。但反過來說，不就剛好說明打電話的人其實住在死者附近嗎？

再說，這男人在電話中不只是簡單通報三〇四室有女性死者，而是詳盡地指出女性死者位於三〇四室的浴室。不但如此，他還正確地指出三〇四室是三樓最南端的房間。這一切意味著什麼呢？但是，吉敷無論如何不能認同報案者的聲音是年輕男性的聲音，尤其是用字遣詞上流露出濃厚的中年色彩，現在的年輕人，很少說『見諒』之類的話了。

5

銀馬車是間規模頗大的夜總會。身為刑警，大概一輩子都不會去銀座喝酒，但由於工作需要，又經常要去銀座查案。吉敷早就知道銀馬車是銀座的一流夜總會，他以前曾經來過兩次。不過，現在的小姐陣容，已經與當時完全不同了。

吉敷阻止一擁而上準備替他拿外套及帶他入座的小姐，自己拎著外套踏上地毯，說道：『對不起，我今天是來辦事的。』

兩、三位小姐問是什麼事？吉敷請她們去找媽媽桑，自己則挑了角落裡一個不易引人注目的沙發坐下等候。

沒多久一位四十歲左右的和服女子來到吉敷面前，她一邊入座，一邊圓睜杏眼看著吉敷說：『你真的是刑警嗎？』

吉敷只能苦笑。每次晚上到娛樂場所調查事情，小姐都會這麼問。

『妳是志保小姐吧，我這是第三次來此地討教了。上一次大概是七、八年前吧，那時我是跟前輩一起來的，妳可能不記得了。』

領班努力回想著，然後笑咪咪地說：『啊，想起來了。我怎麼會忘記這麼英俊瀟灑的男人呢。你的大名是……』志保說話的腔調不像一流夜總會的領班，倒像東京街頭的混混。

『吉敷。』

『啊，吉敷刑警，多漂亮的姓！我想起來了。』

『這姓名漂亮嗎？』

『當然漂亮囉，難得一見的好姓氏啊。你還在警視廳服務嗎？』

『是啊，在一課重案組，每天與血腥為伍啊！』

『還是單身嗎？嗯，一定結婚了吧？』

『不，還是單身。』

『啊！為什麼？』

『緣分不到吧。』

『是嗎？我也是單身，那太好了。』

『哈哈，真所謂天涯同是單身者了。』

『那麼，讓我們為單身同志乾杯吧！阿峰，拿酒來。』

『不了，今晚我是為公事而來。』

『你這麼說就太掃興啦，稍微喝一點吧，拿我的酒和杯子來。哦，你來到小店，想打聽點什麼呢？』

『妳知道九條千鶴子這個人嗎？』

『千鶴子？當然知道啦，她是我們的紅牌小姐呀。』

『她在店裡也用千鶴子這名字嗎？』

『是啊，這女孩用的是本名。我們曾向她推薦幾個花名，她都嫌太老氣所以沒用……啊！千鶴子怎麼啦？』

『她被殺了。』

『死了？』

志保本能地放低聲音，神情變得恍惚，顯然受了極大的震撼。

『有許多關於九條千鶴子的問題要跟妳請教。她除了在這家夜總會之外，還有其他工作嗎？』

『我想應該沒有吧。』

『妳有什麼線索嗎？這裡有沒有人對千鶴子懷恨在心的？』

『沒有，我想應該沒有……那女孩的性格像我一樣很隨和，跟大夥的關係也不錯。』

『像妳？』

『是呀，很像我。』

『她在異性關係上怎麼樣？』

『這方面嘛，我想異性關係總是有的。』

『是年輕的戀人？還是包養她的人？』

『應該是後者吧。不過最近好像已經分手了。』

『那麼她是自由之身了？』

『那倒不一定，或許又有了其他男人，只是我不知道而已。你不妨跟和她比較要好的小姐打聽打聽吧。』

『那就拜託妳了。』

志保把名叫行子的小姐叫來，向吉敷介紹說這位小姐跟千鶴子最親近。從行子口中吉敷得到兩個男人的名字：一個是港區新橋一段的染谷外科醫院院長染谷辰郎；另一個是港區芝浦三段的S啤酒公司營業部長高館敬吾。在這兩人中，千鶴子與染谷很早之前就明顯有了肉體關係。

『千鶴子會不會被這兩人記恨？』吉敷問道。行子說不會，因為那兩個男人頗有紳士風度，再說，要是千鶴子跟這兩個男人發生什麼嚴重問題，一定會找她商量，但事實上這種情況從未發生。

『再早之前還有沒有其他人包養過她？』吉敷問道。

『有的。名叫北岡一幸。』這次是由領班回答，『他是大森的「田園交通」計程車公司社長。千鶴子來這間夜總會之前，在那間公司當社長秘書。』

『同時兼任情婦嗎？』

『好像是這樣。』

『與北岡一幸分手時有沒有發生什麼問題？』

『不能說完全沒有問題，但至少沒有發生嚴重的事情吧。如果這件事會造成她的困擾，我一定會知道的。』

『就是說，妳完全感覺不到她有煩惱？』

『對，完全感覺不到。她跟那男人分手後來過我家，我看她還滿輕鬆愉快的。』

『是嗎？那麼她還跟其他男性有來往嗎？』

志保看看行子，行子搖搖頭。『我們知道的，就是這幾個了。』

『明白了。妳們提供的資料對這案子很有參考價值。除了她的異性關係外，其他方面妳們還知道什麼呢？』

『其他方面嘛，嗯……』

『這個月的十八、十九、二十日三天她沒來夜總會，妳們不擔心嗎？』

『噢，這幾天她排休假，一直要休到後天為止。她要到二十三日禮拜一才會來上班，所以我們不擔心。千鶴子是不是死在九州？』

『不，她死在東京。她跟妳們說過她要去九州嗎？』

『是啊。她為了能坐藍色列車的單人寢台（即臥鋪車），高興得不得了，所以興高采烈地告訴每個人她要搭十八日的藍色列車去九州旅行。』行子喃喃說道。好友的橫死，想必帶給她很大的衝擊。

『那麼，她有說去九州的什麼地方嗎？』

『這個嘛，我們沒有問她具體的目的地。』

『她為什麼去九州呢？』

『還不是因為藍色列車只去九州。要知道千鶴子是藍色列車迷呀。』

『她的故鄉是不是在九州？』

『不是。我聽她說過，她的老家在越後。』

『越後的什麼地方？』

『記得問過她，但現在想不起來了。』

『她有兄弟姐妹嗎？妳有沒有問過她？』

『嗯……我倒很想了解她老家的情況，可是她守口如瓶，從來沒跟我提過。聽說她老家情況很複雜，這點我就一無所知了。』

『你知道她的經歷嗎？』

『嗯，知道個大概吧。她在家鄉的女子高中畢業後，上東京讀澀谷短期大學，大學畢業，在原宿的模特兒公司做了一陣子的模特兒，然後到田園交通計程車公司當社長秘書，接下來就是來我們夜總會做事了。』

『知道她的出生年月日嗎？』吉敷邊記筆記邊問道。

『嗯，她自稱二十五歲，但其實她生於昭和二十五年（西元一九五〇年），今年應該三十三歲了。』

『哦。』

『看起來很年輕吧，她生於昭和二十五年五月，跟我年紀相差不多呢。』

『她為人如何？是哪種個性的女人呢？』

『怎麼說呢，不就是普通女人嘛。人都死了，我們也不想說她的壞話。』

『我不是要妳們說她的壞話，但人命關天，希望妳們可以多提供一點資料。』

『這倒也是。』

『那麼，她是個性嚴謹的人嗎？』

『這個嘛，做這行的都是這樣。她的個性特徵就是好勝心強。問她任何事，她不會有不知道的，老是一副萬事通的樣子。』

『哦。』

『在夜總會裡她也會跟我競爭，什麼事都要佔上風。總之，她是不會體諒同事的人。』

『具體的例子呢？』

『譬如說，在自己瞧不起的小姐面前，就會拿出自己男人的照片炫耀，還會對她不喜歡的人說「哼，真像渥美清」或「長得很像下條原子呢」。』

『哈哈。千鶴子的脾氣這麼壞，看來同事都要疏遠她了。』

『是呀，她沒有真心的朋友。不過對她來說，金錢至上，錢就是朋友。她對男人脾氣一樣壞，所以客人裡也有討厭她的人。不過，因為她是美女，想追她的客人還是不少。而且，她看男人的眼光也很準。三十三歲就死是早了點，實在太可惜了。不過換個角度來說，她也不會再老了，她永遠都會是三十三歲。這也算不幸中的大幸吧。』

6

成城之無臉女性殺人事件的搜查本部設在成城警署。吉敷竹史身為警視廳一課的支援人員，在破案前將一直留在成城警署。

案件從表面上來看非常詭異，所以引起媒體的轟動。從隔天二十一日早上開始，成城警署的走廊就擠滿了記者。吉敷讓今村等成城警署的人去應付這種場面。

二十一日上午在成城警署召開調查會議，船田也出席了，並對被害者的屍體解剖、死亡推定時間、身分確認的經過等做了說明。

這案子的身分確認，極具詭奇色彩。由於死者失去臉孔，就算把新潟縣的親人叫來認屍，恐也難以確認。再說，根據今川派出所的調查，由於千鶴子很早就離家自立，她的雙親也說不記得她的身體特徵了，僅僅根據軀體，很難斷定她就是自己的女兒。請銀馬車的小姐來認屍時，情況也一樣。幸好九條千鶴子最近看過牙醫，找到牙科醫生後，比對齒模的病歷卡後，終於確定是九條千鶴子本人。

由於九條千鶴子以前做過模特兒，家中留下許多照片，牙科醫生確定照片中人就是來診所看牙的人。其中也有穿泳衣的照片，鑑識課的船田斷定這就是死在浴缸中的九條千鶴子。

更進一步地，附近的內科和婦產科醫院都保留著九條千鶴子的血型等資料。綜合以上證據，可充分斷定成城的無臉女屍就是九條千鶴子本人。

根據解剖所見的胃部殘留物，船田指出死者在死前約四小時吃了麵包、蔬菜等食物。至於死亡推定時間，船田則慎重地做了前所未有的大幅度推測：認為發現屍體時距離死亡三十六至五十小時。吉敷對這結論頗感意外，示意船田會議後稍留一下。

會議上的意見交換，主要針對兇手為什麼要剝去死者臉皮的問題進行討論。會上眾說紛紜，這裡不能一一羅列，大部分人傾向兇手是精神變態的理論。由於這案子沒有先例，大家深感困惑。

現場查出的指紋，並不在前科犯的檔案中。成城警署主任單刀直入地問吉敷：接下來的調查工作應該朝哪個方向進行？吉敷認為，根據現場狀況來看，九條千鶴子在十八日下午三點十分到二十五、六分之間被殺的可能性很大。如果這樣的話，追查目標應該鎖定在這段時間後從女性死者房中逃走的年輕男子。但是，目前沒有任何線索可以追蹤這個人，所以有必要立刻製作疑犯拼圖並做成海報廣為發布。同時，也要逐一拜訪在銀馬車夜總會打聽到的三個男人，或許可藉此了解那女人的人際關係。

主任再問：『兇手是否就在這三人之中？』吉敷只能苦笑，回答說：『不知道。』

成城警署的一名刑警則提出可以從不在場證據下手。吉敷答說這是當然的。因此，有必要進一步縮短死亡推定時間的幅度。

會議結束後，吉敷與船田相對而坐。

『你說發現那女人時她已經死亡超過三十六小時，但還不到五十小時？』吉敷問道。

『對，沒錯。』船田回答。

『這麼說來就有十四小時的間隔了。』

『是的。這案子情況十分特殊，就算是老練的法醫也不敢輕易縮短死亡推定時間。』

『為什麼？冒點險沒關係吧！要是船田君你能再縮短死亡推定時間的間隔，那才是功德無量啊。』

『但要是出現偏差，你不但不會謝我，反而要怪我了。』

『所謂五十小時前至三十六小時之間，是以我們到達現場的二十日下午五點倒推回去計算的。所以那女人是在一月十八日十五點也就是下午三點到十九日上午五點之間死亡的對嗎？』

『正是如此。』

『這時間間隔太長啦！能不能縮短一點？譬如根據體溫下降的情況來推算。』

『體溫下降在這個案子裡起不了作用呀。即使是最普通的案子，屍體的溫度在二十四小時後就與周圍的溫度相等了。這就是說，利用體溫下降來推算的方法只適用於死亡二十四小時以內的屍體，而那女人大概已經死了兩天了。』

『屍斑呢？』

『屍斑的時間就更短了，死去十五小時以後基本上屍斑就到達飽和了。』

『那麼屍體僵直程度呢？』

『一一回答這些問題可要花不少時間哩。當然，屍體僵直對於判斷死亡時間很有幫助。人死後兩到三小時後開始出現僵直，到了第五至第六小時間又可能出現二度僵直。所謂二度僵直，是指在外力作用下讓屍體改變姿勢，然後在這種姿勢下出現再次僵直。但過了六小時後，就不會再出現僵直現象了。』

『嗯。』

『人體在死後十二至十五小時，僵直現象會達至最高峰。』

『嗯。』

『然後經過二十四小時後，僵直現象會開始緩解。所以，根據屍體僵直的程度，可能可以非常精確地推定死後的經過時間。』

『嗯。』

『但大致上三天之後，僵直現象就消失了。』

『嗯。』

『所以，一方面根據屍體僵直的緩解程度，我憑經驗推斷這屍體已經過了三十六小時。另一方面屍體已開始出現腐敗性變色，下腹部呈現綠色，這也證實了三十六小時這數字的可靠性。』

『明白了。那麼四十八小時呢？』

『經過四十八小時後，屍體將出現各種特徵。例如經解剖發現肝臟和胃黏膜等出現血色素浸潤現象，很多臟器都已經軟化融解，等等。』

『哦，軟化融解？』

『臟器都變得黏糊糊的了。此外，死者的頭髮很容易拔除，指甲也很容易剝離，都顯示已經過了那麼長的時間。』

『明白了。所以你才做出三十六小時至四十八小時的死亡時間推定。』

『不，應該是五十小時，因為現在是冬季。』

『原來如此。但你平時做死亡時間推定的間隔似乎比這次短得多。』

『嗯，說實話，那是因為有眼球的幫助。可是，這具屍體沒有眼球，又少了一項推斷死亡時間的重要依據。以前，我曾就眼球在鑑識學上的作用寫過論文，根據眼角膜的混濁度，有可能做出非常精細的死亡時間推定。』

『啊，太不巧了。』

『不過，死亡時間推定是由多種因素決定，僅憑其中一項是不準的。』

『但我希望你明白，十八日下午三點過後在死者房裡明顯發生爭吵聲，這是一個有力的證據。房間弄得很亂，座鐘也掉在地上停擺了。事後一名手持皮包的年輕男子匆匆逃離房間，而死者沒有再從房間出來過。在這種情況下，認為九條千鶴子在三點十分左右被殺不是很合理嗎？』

『你要這麼看也無所謂，決定具體殺人時間是你的工作。』

『那個年輕男子會不會把剝下的女人臉皮放在皮包裡帶走了？』一直在旁默默聆聽的今村插嘴說道。

『嘿，皮包裡裝臉皮可是綽綽有餘啊。人類的皮膚，你把它想像成五公釐厚的堅硬橡皮就可以了。』

『有五公釐厚啊？』

『是呀，一剝下就有那麼厚。』

『死者真的是九條千鶴子本人嗎？』

『從各種條件來看，可以百分之百地確定就是她。』船田信心滿滿地說道。

7

接下來，吉敷與今村兩人再度出外探訪。首先來到新橋，訪問染谷外科醫院的染谷辰郎。染谷身材魁梧，身高超過一百八十公分。體型略胖，坐在狹小桌子的對面，呈現出壓倒性的氣勢。今村向他打聽關於一月十八日的不在現場證明。雖然目前將嫌犯鎖定在那逃走的年輕男子身上，但這例行公事還是不得不問。染谷微微抽動戴在圓鼻子上的眼鏡，用洪亮的嗓音說道：『十八日嗎……』他將巨大的身軀轉向後面看著牆上的日曆。

『噢，那是星期三。我身為院長，當然在醫院裡啦。若我不在，醫院的工作就無法運作了。』

『有沒有人可以證明呢？』今村問道。

『哈哈，證人有一大堆呢。需要的話，馬上就可以叫幾個來作證。』

『方便的話，能不能對十八日的行蹤詳細說明一下？』

『嗯，好的。我每天下午會到醫院，身為院長，沒有固定的回家時間。那天因為要應付的住院患者比較多，到了晚上九點多我還在醫院。在這期間……』

『在這期間，你一步也沒有離開醫院嗎？』

『是的，除了晚飯時間去附近吃飯外，整天都在醫院。』

『那麼，九點後又做了些什麼？』

『這個嘛，九點後帶了一個叫伊藤的年輕人去銀座，在那裡喝到十一點，然後搭計程車回家。要說出酒家的名字嗎？』

『請講。』吉敷在一旁把醫生口中說出的三間酒家名字寫在筆記本上。其中並沒有銀馬車。

『聽說九條千鶴子小姐被殺了？是真的嗎？』染谷主動向吉敷發問，吉敷點了點頭。

『死在東京？還是旅途中？』

『哦，你也知道九條小姐要外出旅行嗎？』

『嗯，是從銀馬車她的同事那裡聽來的，據說她搭十八日的藍色列車去九州一帶旅行了。她是在哪兒被殺的？九州嗎？』

『不，在東京。』

『啊！在東京?!』染谷露出意外的神色。

但這男人聽到九條千鶴子被殺的消息並不覺得吃驚，或許他是醫生，已經相當習慣人類的死亡了。

『關於九條小姐之死，有什麼線索可以提供嗎？譬如有人與她結怨嗎？』今村問道。

『這個嘛……很抱歉，這方面我沒有消息可以提供。唉！她真的被人殺了嗎？兇手是怎麼殺了她的？』

『用刀子把她刺死。』

『刺殺?!唉！』

『你與九條小姐的關係很親密吧？』

『哪兒的話，關係絕對算不上親密。而且那是很久以前的事了，就是客人與夜總會小姐的關係而已。當然，要說朋友也勉強可以算是朋友吧……』

吉敷和今村默默聽著，但染谷停了下來，露出一副苦澀的表情。圓鼻上浮現汗珠，眼鏡裡面的小眼珠滴溜溜轉著。『九條小姐是在外樹敵眾多的人嗎？』

『不知道，我和她的關係還不到能了解她隱私的程度。』染谷露出不耐煩的神色，似乎就要下逐客令了。

『那麼，死者的為人如何？九條千鶴子小姐是怎樣的女人呢？』

『就像我剛才說的，我跟她只是泛泛之交。不過要說對她的印象，簡單的說，她是個很有同情心的女人，優雅而機靈，』

『哦。但在銀馬車那邊，聽到的似乎不是這樣。在客人當中，也有些討厭她的男性。』

『那是當然的囉，所謂蘿蔔青菜，各有所愛吧。』

『也有人認為她的個性很倔強。』

『是嗎?我倒不覺得。』染谷又擺出挺胸突肚的樣子，不無傲慢地說道。

『請問染谷先生府上在哪裡?』

『在田園調布的盡頭，很靠近多摩川河堤。要說出我家的地址嗎?』

『請講。』兩人把染谷的住址記在筆記本上。接著，兩人又見了幾位醫生和護士，確認了十八日下午至晚上九點，院長一直待在醫院裡。

高館敬吾，相對來說是個小個子。初次見面的印象是：與染谷的傲慢相比，這位營業部長樸實爽朗多了。個子雖小，卻有副不相稱的大眼睛，就算滿臉堆笑時，眼睛也不會變小。眼角已湧現許多皺紋。由於齙牙的關係，牙齒幾乎整個露了出來。牙齒被香煙燻成茶色，齒縫很大。給人不大乾淨的印象。吉敷判斷他應該不太容易受女性歡迎。

當今村問他知不知道九條千鶴子時，高館的視線停在部長室的天花板開始回想。不知道這是不是裝腔作勢?假如是真的話，就表示與染谷比起來，他與千鶴子的關係淡薄多了。

『噢，是銀馬車夜總會吧……』高館想了好一會兒後終於說道，『嗯，記起來了。她怎麼啦?』

『你和她的關係很親密吧?』聽今村這麼說，高館的五短身軀在部長室的沙發上反射性的彈起，他大幅揮手加以否定。

『不，不。完全不是那樣。只不過帶她出去吃了一、兩次飯而已。』他急忙辯白，然後笑了笑又說，『說實話，從那以後我就知難而退了。』

『她被殺了。』吉敷在旁邊輕描淡寫地說出這個消息，高館外露的牙齒一下子不見了，兩肘靠在左右扶手上。

『什麼？你說什麼？』

『千鶴子小姐被謀殺了。』

高館怔住了，這一回再也說不出話來。吉敷緊緊盯著高館的樣子，看樣子倒不像在表演。

『千鶴子在哪裡被殺？怎麼被殺的？』

『你知不知道九條小姐準備旅行的事？』

高館拚命地搖頭，大聲說道：『不，我完全不知道。』

看他的樣子，因為受到衝擊，似乎還暫時處於精神恍惚狀態。但從反面揣測的話，會不會其實他已經事先算好說知道還是不知道好呢？吉敷直覺認為他是知道的，他應該從千鶴子那裡聽過她要外出旅遊的消息。但為了在刑警面前製造與千鶴子關係淡薄的印象，才在一瞬間選擇說自己並不知道。反正告訴他這件事的人已經死了，他只要堅稱不知，警察也死無對證。看來，這位營業部長還滿狡猾的。

『九條千鶴子小姐是個怎麼樣的女人？高館先生能不能說說看？』

『怎麼說呢？我剛才說過，我只跟她在外面吃過一、兩次飯而已。』

『我可是一次也沒跟她吃過飯呀。』吉敷說道。高館認輸似地大笑起來，然後說道：

『怎麼說好呢？她是個好女人，長得很漂亮，很有成熟的女人味。』
『什麼叫成熟的女人味？』
『怎麼解釋好呢？譬如說她不像有些女人會忸怩作態。』
『哦，她平時不愛說話？』
『是的。』
『連玩笑也很少開嗎？』
『對。她說話細聲細氣，看起來怯生生地。』
『聽說她是個很倔強的女人哩。』
『不，應該說是溫順的女人，非常文靜。』
『文靜？』
『是的。對男人百依百順，非常傳統。』
對於千鶴子的評價，各人的說法南轅北轍，真是眾說紛紜，莫衷一是，弄得吉敷如墮五里霧中。不過，透過這些詢問，至少吉敷的腦中已開始浮現這女性死者的圖像。
『可不可以告訴我們您的住址？』旁邊的今村用冷淡的語調問道。
『大田區西蒲田五之ＸＸ，蒲田擎天大廈八〇一室。』
兩人記下高館的地址，又按例問了他的電話號碼，然後追問十八日那天高館的不在現場證明。這應該不成問題，因為對業務員來說，通常都會有完美的不在現場證明。

高館說他在公司一直待到下午六點半，這段時間的證人很多。然後接待公司的客人，在赤坂的料亭逗留到晚上十點。吉敷也記下了料亭的店名。接著又在赤坂的其他酒店喝酒到十一點，最後搭計程車回家。對於不愛喝酒的吉敷來說，總覺得工作結束後跟同事去酒店有點怪怪的。不過，一旦出事，作為不在現場證明倒是很方便吧。

中午在大森站前的麵店吃了碗拉麵後，兩人再去田園交通計程車公司。不知道為什麼，吉敷最喜歡吃拉麵。染谷和高館都不知道千鶴子被殺。除非他們是兇手，否則不知道千鶴子的死訊也是理所當然的，因為二十一日的早報還來不及刊登成城發現無臉女屍的消息。這消息要到當日晚報才會刊出。田園交通是個比想像中大得多的公司，在廣闊停車場的一角，有一棟三層建築。社長室位於這棟建築的三樓。據說除了這裡，另外還有兩、三個計程車停車場，可見該公司規模之大。

北岡社長身材魁梧，個子不算高，只往橫向發展。雙頰圓鼓鼓的。頭髮略微稀薄，沒戴眼鏡。一坐上社長室的沙發，吉敷就開門見山亮出九條千鶴子的名字，北岡坦承知道這個名字。

『據說她曾在貴公司擔任社長秘書？』吉敷問道。

『是的。』北岡說，但表情冷淡。因為刑警大駕光臨，北岡察覺大概是出了什麼事情。

『為什麼會請她當秘書？』

『這事說來話長，而且怪難為情的。』北岡掏出香煙點火，藉此掩飾尷尬。

『她以前在原宿的M模特兒公司做事。那是很早之前的事了，大概在十年前吧，我們公司因為要製作年曆，找她當模特兒來公司拍照。這女孩看起來很優秀，事後我便約她出去吃飯，交往一段時間後，我就聘她當秘書。那女孩考慮到以自己的年齡來說也當不了幾年模特兒了，便想來我公司做事，加上我給的薪水不錯，所以雙方一拍即合。』

這時，好像是新任秘書的女孩端茶進來了。吉敷瞄了她一眼，發現這也是個可愛的女孩。看來，這個社長胃口頗大。

『那麼，她在貴公司做了多久的社長秘書？』

『嗯，總有四、五年吧。』

『她的性格如何呢？』

『算是個好女孩。卻是個不及格的秘書。』

『你說不及格是什麼意思？』

『她是個美女，可惜寫出來的字歪歪扭扭。她的物慾很強，到了近乎偏執狂的程度。精於計算，帳算得毫不含糊。這是她的長處，也是她的缺點。』

『為什麼說是缺點？』

『不，我失言了。』北岡說罷，搖著他的龐大身軀笑起來了。

『你們應該知道，老闆和職員之間應該公私分明吧。』北岡神色凝重地說道，『舉例說吧，她想要一件毛皮大衣，就會不停碎碎唸。吃飯時提到毛皮大衣，喝酒時也提到毛皮大衣，叫她做點事，就藉故拖延，問她什麼時候能做完？她說能穿上水貂皮大衣的話馬上就能做好。總之，她會跟你糾纏到底，不達目的決不罷休。』

『她喜歡開玩笑嗎？』

『不，她的個性內向陰鬱，喜歡鑽牛角尖。我自己也是這樣，所以會有似曾相識的感覺。』

『因為如此，所以你介紹她去銀馬車夜總會？』

『是的、是的。從各方面來看，她都很適合銀座。她的面貌姣好，身材一流。我跟她說妳去銀座可以比在我這裡賺更多錢，水貂皮大衣也是小事一件。而她正好也有此意。

『我跟銀馬車夜總會很熟，聽說媽媽桑正在物色新的小姐，我就帶她去跟媽媽桑見面，雙方一拍即合。對我來說，也算卸下一個大包袱。』北岡的口音略帶關西腔。

『之後，我偶爾會到銀馬車夜總會坐坐，知道她跟媽媽桑處得不錯，工作很愉快，我也就放心了……她到底怎麼啦？』

『她被殺了。』吉敷直截了當地說道。

『這是真……』北岡露出難以置信的表情，張口結舌地問道，『真的嗎？是誰幹的？』

『我們正在調查，你有線索嗎？』吉敷說道。

『不，一點線索也沒有。我與那女孩早就沒關係了，我真的不知道她為什麼被殺……』

『她計畫出去旅行，你知道嗎？』

『旅行？不、我不知道。她是在旅途中被殺的嗎？』

被調查的這幾個人都這麼說。或許潛意識中都覺得在旅途中被殺是最合理的吧。

『不，在東京。』

『東京？東京哪裡？』

『成城的自己家裡。』

『是嗎？什麼時候？』

『我想是十八日吧。啊，失禮了，北岡先生能不能向我們說明十八日的行蹤？』

『十八日嗎？嗯，十八日我在幹什麼呢？』北岡轉頭問背後的秘書。

『十八日是星期三……』秘書翻著筆記本說，『社長沒有任何約會，一直待在公司裡。』

『是嗎？妳可以作證嗎？』

『嗯……』

『啊，我記起來了，那天確實一直在公司裡，除了這女孩，還有很多員工可以作證。』

『那麼，你在公司待到幾點？』

『這個嘛，大約待到晚上八點，不。應該是九點左右吧。』

『在這期間，有沒有離開公司？』

『晚上七點左右吧，帶我秘書出去吃飯，大概一小時後回到公司。』

『是嗎？那天是幾點鐘進公司的？』

『上午十一點左右吧。』

『中飯呢？』

『中飯都是請附近的便當店送來，在辦公室解決。上星期三也是這樣。』

『那麼，晚上八點，不，九點以後呢？』

『在大森站前的小酒館喝了一杯，然後就回家了。我叫的是公司的車子。』

『那是什麼時候？』

『那是十點左右吧，因為我回到家正好十一點鐘。』

『您府上在哪裡？』今村順勢問道。

『就在公司附近，大森那邊。要說出詳細地址嗎？』

『請講。』

『大田區山王四之X之X，電話號碼也要嗎？』

『是的。』兩人急忙在筆記本上記下地址和電話號碼。兩人又叫來公司職員詢問，正如北岡社長所說，從上午十一點至晚上九點，社長的確都在公司。就這樣，三個男人的不在現場證明逐一得到解答。但是吉敷最想知道的千鶴子被殺的理由，並未得到答案。

8

到了一月二十三日，千鶴子新潟老家的家屬那邊還是沒有消息，吉敷覺得奇怪，便打電話跟今川派出所聯絡。

接電話的人名叫福間，大概是個巡警吧。由於是長途電話，加上對方說話慢吞吞的，很不容易聽清楚。吉敷不知不覺放大了音量，但仍能感覺東京與新潟之間的遙遠距離。

說到九條千鶴子的遺體問題，福間發出『哎呀』的怪聲，然後問吉敷難道家屬到現在還沒跟你們聯絡嗎？吉敷說是呀。福間連說奇怪，並說自己已經在第一時間把千鶴子的死訊告訴她的家屬了。於是福間又說，既然如此，我再去九條家跑一趟吧，回來後再打電話給你，請你稍等。吉敷回說明白了，正準備掛電話時，突然想到要等多久呢？於是便問了要等多久，但聽筒中傳來一片噪音。吉敷再問了一次，對方終於聽懂吉敷的意思，考慮了一會後說大概兩小時吧。吉敷心想，心想難道要他在電話旁邊等上兩小時嗎？要是能自己去問就好了。

經過法醫檢查，發現九條千鶴子的身體沒有被施暴的跡象，這說明她死前沒有被性侵犯。房間裡的現金也完好無損。吉敷覺得這些事實稍可告慰前來領取遺體的千鶴子家屬。但令人意外的是，家屬至今仍未與警方聯絡。兩小時後，今川派出所終於打來電話。『喂喂，我剛剛回來。』傳來福間巡警的聲音。音量比剛才大了，說明了外面很冷吧。

『這裡正在颳暴風雪，汽車和機車都不能用，所以耽誤時間了，請原諒。』

『哪裡，給你們添麻煩了，我要請你原諒才對。』吉敷不無歉意地說，『那麼，情況究竟怎麼樣了？』

『這個嘛，九條小姐的爸爸說不去領回遺體了，請你們那邊處理就行了。』

『由我們處理？為什麼？』

『她爸爸說千鶴子已經離家很久，所以不管她了。』

『就算離家很久，可是千鶴子是在外地被殺了呀。』

『是呀。只不過，九條家是個很複雜的家庭。所以……』

『哦，那是怎樣的家庭呢？』

『這個嘛……目前，她爸爸與續絃的妻子一起生活。九條千鶴子是前妻所生。至於他爸爸與前妻之間的問題，又是說來話長了。千鶴子非常嫌惡這個家庭，所以很早就離開了。她爸爸與現在這個妻子又生了一個女兒，這小女兒後來也去了東京。』

吉敷除了『是嗎？』也無話可說了。

在吉敷竹史的心中，死者的印象終於慢慢固定下來：『她是個孤獨的女人。』

吉敷又去了原宿，到M模特兒公司打聽九條千鶴子的事情。但在這個行業，不論是模特兒或是行政人員，流動的速度都很快。已經沒有人記得十年前在這裡當模特兒的千鶴子了。社長或許對千鶴子有點印象，可惜此時不在。

行政人員找出當時的照片檔案和資料，一邊看一邊推測與說明。大致情況是：千鶴子做的只是被稱為初級模特兒的工作，大多是去地方上的百貨公司或超級市場發傳單。

吉敷問千鶴子為什麼不能成為一流模特兒呢？因為憑吉敷的眼光，覺得千鶴子長得非常漂亮，是檔案中最美麗的女子。

『可能沒有個性吧。』這位行政人員立刻回答，『她沒有強烈的、可以讓人留下深刻印象的東西，所以只能去地方上對歐吉桑、歐巴桑發發傳單而已。』

吉敷不太認同，但轉而一想，那北岡不就是歐吉桑嗎？

『要成為一流模特兒，必須具備許多條件。像時裝模特兒，不僅服裝要考究，還要注意鞋子乃至飾物等小地方，營造出整體的高貴氣質。決心成為一流模特兒的人跟從開始就只打算兼差賺外快的人是涇渭分明的。這女人顯然是後面那種。』

吉敷最後的問題是：是什麼機緣使這女人進入模特兒公司？行政人員邊看資料邊說：那一定是星探做的好事，在表參道發現了這個女人。再問星探是誰？他說那人多半也是兼差的，早就離開公司了。此時社長回來了，行政人員向社長行了個注目禮後就離開吉敷做自己的事去了。所謂的社長，看起來還很年輕，也留著一頭較長的髮型。吉敷暗忖他與自己的年紀差不多吧，但一問之下，原來社長已經四十八歲了。

吉敷指著行政人員留在接待處桌上的資料照片，繼續向社長打聽九條千鶴子的事。社長把自己的名片遞給吉敷後，一面把名片夾放入懷中一面注視照片，然後說依稀記得這個女孩。

『她是個怎樣的女孩呢？』吉敷問道。

社長交抱雙臂，說道：『嗯，我對她已經不大有印象了。』

『她是個讓人印象淡薄的人嗎？』

『嗯，可以這樣說吧。你看她相貌長得很漂亮，但這樣的美女在公司裡多得是，所以反而不引人注目了。』說罷，社長從口袋裡摸出香煙。

『這女孩有沒有什麼特別的地方？譬如說好勝心很強之類的。』

『不，我沒有這樣的印象。如果她的好勝心強，我一定會有印象的。』

『那你記不記得她剛到公司時給你的印象？』

『這倒還記得。她是個溫順的女孩。我因為在這行打滾的時間長了，所以一見面就感覺得到她在這行業不容易出頭，也做不了太久。』

『哦，原來如此。』

『我認為，她的漂亮，反而是她成功的絆脚石……噢，她怎麼啦？』

吉敷回答說千鶴子被殺了，社長露出非常驚訝的樣子，香煙夾在指間動也不動。

『她是為什麼被殺呢？』社長問道。但吉敷無法回答，還反過來問社長有沒有什麼線索？社長搖搖頭，並堅稱在公司的女孩當中，她應該是最不會遭受不測的人。

『你的意思是她很溫順嗎？』

『是的。從任何角度來看，她都是個樸素、普通的女人。在我心目中，她是那種會早早結婚成家的人。』

『她的異性關係如何？』

『我從不介入模特兒的隱私，不這樣的話，我的工作就做不下去了。不過大致的情況我還知道。我覺得她在這方面算很踏實的。』

『那就是說她是個普通女人囉。』

『應該是吧。剛才我說的普通女性，指的就是這個意思。

『從這點上來說，她是個乏味的人，她從來不開玩笑，也沒有什麼才能和智慧。畢竟是鄉下出身，難免給人高中裡「圖書委員」的感覺。像她這樣的人會被人謀殺，實在令人不解。我對她的死深表同情。』

『那麼，關於她被殺的事真的完全沒有線索嗎？譬如說有人恨她之類的。』

『完全沒有。如果說她真的被人尋仇殺害，那也不是她在模特兒公司的時代結的仇。相反的，如果她是因為在這公司裡的事情被殺，那公司裡所有的模特兒都該被殺了。

『她是個溫順的女孩。剛來公司時，給我的感覺是：雖然長得很漂亮，卻像個老實的女學生。她很沉默寡言。當我拿出香煙啣在嘴上時，她忸忸怩怩地猶豫著要不要用打火機替我點火——這情景到現在我還記憶猶新。像這種人，怎麼可能有人恨她？至於離開我們公司後她的變化，我就不得而知了。』

依照『綠色家園』公寓的戶谷太太提供的證詞，十八日下午三點二十七、八分從九條千鶴子房間逃走的年輕男子的拼圖終於畫出來了。吉敷把由模特兒公司保存的九條千鶴子照片作為受害者照片放在拼圖右下角，做成通緝用海報。一般來說，為了顧慮家屬的感受，通常不會把受害者的照片印在通緝海報上。但在這個案子裡，倒不用顧及家屬的問題。再說受害者是個美女，吉敷覺得把照片印上去，說不定能收到意料之外的情報。後來的情況顯示，吉敷的做法是正確的。在疑犯拼圖旁邊寫著以下說明文字：『年齡約二十四、五歲，小眼睛。堪稱英俊。身高一百七十八公分上下，體型瘦高。頭髮後梳，長髮上抹髮蠟。表情鬼祟，像是不務正業的人。』通緝海報完成後，立刻以東京為中心向四處發放。

吉敷拿著這張海報，再度與染谷、高館、北岡三人會面。但是他們看了疑犯拼圖後，都說不認識這名男子。吉敷暗中調查了這三人周圍的人物，發現了一些有趣的事實。相對於田園交通的北岡是白手起家的企業家，染谷醫院的院長染谷卻是養子，他繼承的是岳父的事業。吉敷向染谷醫院的護士詳細打聽了染谷的情況。

染谷辰郎的妻子萌子是招贅的獨生女。聽說辰郎親自來醫院見過萌子的父親，對方感到滿意後，將他收為養子。可是，萌子的父親染谷達吉是有名的一言堂院長，辰郎在他底下只能坐冷板凳。幸好只捱了四、五年時間，達吉夫婦相繼死去。辰郎終於揚眉吐氣，大權在握，似乎為了補償過去所受的委屈，他竟開始出入歡場，於是與萌子的夫妻關係便逐漸冷卻。

染谷家從戰前便代代在新橋經營醫院，但到萌子一代，不知為何卻生不出男孩。在萌子之前及之後都生過男孩，但兩個男孩都在三歲時病逝。沒有辦法，只好為萌子尋找贅婿。結婚時間據說是在昭和四十四、四十五年（西元一九六九、七〇年）間，當時辰郎大約三十五、六歲，而萌子的年紀已在四十上下了。

吉敷滿懷興趣，獨自去大田區田園調布的染谷家拜訪萌子。

染谷家位於靠近多摩川河堤的斜坡途中，路邊堆砌著黑色的大石塊，證明這是很古老的房子，石牆的一部分改成車庫，可見到裡面停著賓士。石牆之上是鋪滿草皮的廣闊庭院，周圍圍著鐵絲網。然後在庭院深處，有一棟古老發黑的日式房屋。染谷萌子的頭髮黑白混雜，看來已是初老婦人。不過她高齡產子，與辰郎之間有個正在讀初中的兒子。據說一結婚就懷孕了。萌子給人的印象非常嫻靜，沉默寡言。她的身子瘦削，雙頰凹陷。但她有種獨特的氣質，讓人一看就知道她受過良好教育。

家裡好像沒請女傭，萌子親自為吉敷泡茶。吉敷向萌子請教她與辰郎認識結合的經過。萌子簡單地回答說，那是父親在醫科大學的教授朋友在自己的學生中選了一位介紹給他們的。吉敷很想多了解一點關於辰郎的事情，但萌子委婉地拒絕了。進入初老階段的妻子，說到長相廝守的丈夫時，往往守口如瓶。

不過，染谷與萌子之間的事，畢竟與九條千鶴子被殺沒有關係。嫌疑最重的，顯然是那個梳油頭的年輕男子。對九條千鶴子的調查越深入，越能感到她是個孤獨的女人。成城警署的刑警，四處訪查後並沒發現她有什麼朋友或戀人。這樣的女人，為什麼會被人謀殺呢？而且，不但死於非命，還被剝去臉皮！啊！情何以堪？這可憐的女人。

第二章 藍色列車的幽靈

1

從目前為止收集到的資料來看，這只能算是一般案件。雖然獵奇的色彩濃厚，但還算不上史無前例的難解案件。可是，發出去的通緝海報所得到的第一個回應，卻突然令此案變得古怪起來。二月十六日星期四下午，成城警署搜查本部突然響起電話鈴聲。吉敷出去接聽，從聽筒中傳來非常客氣的聲音，看來是個老人家。

『我在神田附近經營體育用品店。』這是對方的開場白，吉敷『哦』地附和著。

『實際上，這家店是上一代傳下來的，所以在店後有塊小小的空地和房子。』

吉敷又以『是的』回應。

『特地打電話叨擾你們，是因為日前在成城被謀殺的女性的海報，不，正確來說應該是疑犯的拼圖海報，貼到我們店裡來了。所以這幾天我天天看著這張海報。說實話，我見過海報上那位名叫九條千鶴子的女人。』

『啊，是嗎？』吉敷漫應著。吉敷心想，千鶴子活著時必定接觸過各種人物，這老人家曾經見過千鶴子也不足為奇吧。

『噢，你見過海報上的女人？』

『是的。』

『在什麼地方？』

『這個嘛……說出來真不可思議，那女人竟然出現在她死後從東京開出的列車上。』

吉敷一下子張口結舌，聽不懂對方話裡真正的意思。『喂，剛才你說什麼？』

『那海報上不是寫著有個名叫九條千鶴子的女人在一月十八日下午三點二十分左右在成城被殺嗎？』

『對、對，正是如此。』吉敷答道。

『但實際情況是，我在比這個時間稍晚的下午四點四十五分從東京站開出的「隼號」藍色列車上，見到這位九條千鶴子小姐。』

吉敷的腦子越來越混亂了。『喂，你有沒有搞錯日期呀？』

『我乘車的日期，確確實實是十八日呀。』

『可是，你在車上看到的那個女人，真的是九條千鶴子小姐本人嗎？』

『嗯，千真萬確。我有確實的理由，可以證明她就是九條千鶴子小姐。』

『哦，是嗎……那這班藍色列車開往哪裡？』

『西鹿兒島。』

『西鹿兒島嗎？嗯……那麼十八日晚上，你在車上還有再見過她嗎？』

『當然見過啦。不，我在十九日也見過她。』

吉敷準備去神田找體育用品店老闆。為了慎重起見，離開成城警署前他打了個電話給船田。吉敷打電話的目的，是要確定九條千鶴子的死亡推定時間，是不是如船田所估計的最晚在十九日清晨五點？又問船田：『死亡推定時間可不可能往後推到十九日下午甚至二十日？』船田聽完後在話筒另一頭發出了笑聲，說那是絕不可能的。船田又說他定出的可能死亡時段已經很寬鬆，不可能再往後推了。如果事後能證明那女人死於十九日中午或下午的話，他願意引咎辭職。

吉敷在往神田的路上激烈思考著。或許那老人眼花了吧，因為世界上長相相似的女人不算少，尤其近年來整形美容的普及加上妝化得越來越濃，相似的女人就越來越多了。也許那老人沒有跟女人說過話，只不過遠遠看到她的樣子。然後從通緝海報看到真實的九條千鶴子的照片後，就以為車上見到的女人與海報上的是同一個人了。到了神田，吉敷很快找到長岡體育用品店。老人名叫長岡，吉敷通過自動門走進店裡時，長岡立刻起身迎接。老人說吉敷刑警的樣子讓他很意外，而吉敷看到長岡老先生時同樣感到意外。通電話時，在吉敷的想像中對方是滿頭白髮的七十歲老人，但眼前卻看來還很年輕。頭髮雖然稀疏，但髮色依然漆黑。

吉敷問道：『你就是打電話給搜查本部的那位先生嗎？』

長岡點頭說：『打電話的就是我。』長岡要吉敷稍等，然後轉身走進店鋪後頭。不久後，長岡拿著一本捲成筒狀的雜誌出來，他指著馬路對面的咖啡店，說我們去那邊談吧，便帶頭出店穿過馬路。

選了一個最裡面的位置相對而坐後，長岡拿出名片。吉敷瞄了一眼後，一面將名片放入口袋裡一面問道：『你說在「隼號」列車上，看到長得像九條千鶴子小姐的女人？』

長岡點頭。

『只是看到而已，恐怕沒有交談吧？』

『不，我們有講過話。』長岡說道，『我對九條小姐說我很早就想搭乘有單人寢台的藍色列車，但一直未能如願，所以這還是第一次。九條小姐也說了類似的話。』

『你們是互報姓名後才知道對方的名字吧？』

『那當然啦。但我給了她名片，她也給了我她的名片。』

『哦！她給了你名片？有沒有帶來？』

『有呀，在這兒。』長岡從胸前衣袋裡掏出一張名片。吉敷拿來細看。名片上只印著成城的住址和九條千鶴子的姓名。

這究竟是怎麼回事？吉敷陷入沉思。如果長岡所說的是事實，那麼這女人一定是冒名頂替的。也許她做了整形手術，對於只看過通緝海報上九條千鶴子小張黑白照片的長岡來說，便信以為真了。但是，那女人為什麼要？——

『這班「隼號」列車是下午四點以後從東京站開出的嗎？』

『四點四十五分發車。』

『車子啟動後，你也見到那女人了？』

『當然。我是在一號車廂內見到她的。』

『再問個有趣的問題：十九日，也就是過了一晚的隔天清晨五點後，你還有見到那女人嗎？』

『當然有啦。我親眼看到那女人在熊本站下車。所以說，直到十九日午飯前，她都在「隼號」列車上。俗話說，耳聽是虛，眼見為實呀。』

看來那是另一個人。因為過了十九日早上五點後，便不在船田推算出的死亡推定時間範圍內了。超過這個時間，九條千鶴子必死無疑。反過來說，要是那女人真是九條千鶴子的話，豈不就是她的幽靈嗎？

『你說得沒錯。不過，我可以肯定那女人不是九條千鶴子，因為九條小姐十八日下午被人謀殺是證據確鑿的事實。』

『嗯，可是……』長岡露出難以接受的神色。

『想必長岡先生本人未必擁有這個女人就是成城被殺的九條小姐的確實證據吧，因為你沒有見過生前的九條小姐。現在，給你看幾張九條小姐的照片吧。』吉敷說罷，拿出幾張向模特兒公司借來以及在成城的九條房間裡找到的照片給長岡看。因為九條做過模特兒，所以留下不少照片，這一來調查工作就方便多了。身為刑警，還真要感謝她當過模特兒。

長岡非常仔細地觀看每一張照片，然後抬起頭，露出抱歉的表情說道：『就是這個女人，我的確跟她說過話。』

吉敷深感失望。在物理學上，這根本不可能呀。『請再仔細看看，怎麼可能發生這麼荒唐的事？』

但長岡早已詳細地看過好幾次了。『老實說，剛才看了這麼多張照片後，我更相信她就是九條小姐了。不可能找得到第二個相貌如此端整的小姐的。我相信絕對不會看錯。瞧！你看這照片，左邊下巴是不是有兩個黑痣？我記得很清楚。』

吉敷不認為長岡在說謊，因為他是個善良而熱心的長者，何況他沒有說謊的動機。但從另一方面來說，吉敷對這個五十來歲的男人又不得不抱持懷疑的態度，因為他說的事情從理論上來說是不成立的。他用非常認真的態度敘述著不可能發生在這世上的事，從理論上來說，只能認為他在說謊。

『可是長岡先生，你是看了剛才我給你的照片，才確信你在車上見到的女子是九條千鶴子小姐。這就是說，到目前為止你根本沒見過九條小姐生前的照片。你只是看到了附在通緝海報上的小照片，就武斷地認定近一個月前在「隼號」列車上見到的女人是被謀殺的九條小姐本人。情況不是如此嗎？』

『嗯，你要這樣分析當然也可以。但不瞞你說，當我看到海報，心想這被殺的女人跟我那天在列車上見到的女人真像啊。儘管如此，當時我還沒有自信打電話報案。直到今天，我看到這個……』

長岡邊說邊拿起放在座位旁邊的一本雜誌，移開茶杯，把雜誌攤在桌上，然後嘩啦嘩啦地翻到左上角摺起來的某頁，雜誌很厚，所以長岡用手掌在書頁中間壓了兩、三下，然後把雜誌轉過一百八十度推到吉敷眼前。

『這是什麼雜誌？』吉敷拿起雜誌看它的封面。

『這是一本攝影專業雜誌，名叫《相機A》。這本雜誌經常徵求普通讀者的業餘攝影作品，然後把每期的入選作品刊登出來。作品就登在這一頁，你看這張，可以算是佳作喔。』

吉敷按長岡指示看照片，不知不覺地哼了一聲。這張雖屬佳作，但在入選作品中可能是最差的，照片的尺寸也比較小。但令人驚訝的是，在照片上可以清楚地看到九條千鶴子的臉孔。

吉敷仰頭看著長岡。長岡一成不變地露出專注的表情，說道：『照片右下角還有拍攝日期。』

確實，這張照片的題目是：『一月十八日，藍色列車「隼號」上遇見的女子。』

吉敷再看照片作者的名字：小出忠男，千葉縣人。『你認識這位小出先生嗎？』

『不、不，算不上熟人，只是那天在藍色列車上有一面之緣而已。不過，他是這本雜誌這個單元的常客，經常可以看到他的作品。我雖然不擅長拍照，但平常也喜歡玩玩相機，每一期的《相機A》雜誌都會買來看看，所以很早就知道小出的大名了。十八日那天，小出先生也搭乘藍色列車「隼號」的單人寢台。車子開動後，他就頻頻地按閃光燈替九條小姐照相。我以為這是小出先生帶來的模特兒，所以就上前觀看。但其實不是，小出先生也是第一次在列車上見到九條小姐。因為九條小姐長得太美了，小出先生就主動為九條小姐拍了幾張照片。我上前跟小出先生打招呼，說在雜誌上經常拜閱他的大作。當時和九條小姐也寒暄了幾句。小出先生對我說這照片馬上就會投稿到《相機A》雜誌。所以我想如果這期雜誌能登出來的話，正好可以和通緝海報上的照片做比對。等到今天雜誌出刊了，小出先生替九條小姐拍的照片果然登了出來，經過仔細比較，我確信兩張照片拍的是同一個女人，所以才決定打電話與你們聯絡。』

2

吉敷婉拒長岡先生要他把雜誌帶走的好意，來到神田站附近的書店買了最新一期的《相機A》雜誌。坐在車站的長椅上，翻開雜誌，再度凝神觀察那張照片。這是張有趣的照片。很明顯，拍攝時曝光過度了，臉部顏色發白。眼鼻異常分明，好像用鋼筆畫出來似的，但臉和頭髮的輪廓卻像幽靈般朦朦朧朧，不知是不是拍攝時相機晃動的關係？身為刑警的他難以做出正確的結論。

照片裡的女人在微笑。這是璀璨的笑容，而不是寂寞的笑容，似乎與吉敷對這女人的印象略有出入。照片旁邊有簡單的評論意見，主要討論的是技術性問題。在零點零幾秒的瞬間拍下的作品中，攫取被攝對象偶然展現的魅力，這種本領就是攝影師的才能——或許這是針對女人臉部輪廓模糊而發的議論吧。

拍攝數據也登了出來：光圈五點六，速度六十分之一秒，採用閃光燈。原來如此，這是六十分之一秒的幻影呀！吉敷不由得喃喃自語著。看來，往後的日子都要為這幻影苦惱了。這張照片裡的女人是九條千鶴子，好像已經無庸置疑。照片中露出笑容的女人正是吉敷在成城公寓中所見照片裡的女人。由吉敷本人的眼睛所做的判斷，還有什麼話可說呢？

但是，為什麼會發生如此不可理解的事情呢？吉敷簡直是丈二金剛摸不著頭腦了。如果列車真的是十八日下午四點四十分從東京站開出的『隼號』藍色列車，那麼九條千鶴子絕對不可能在這列車上呀。左思右想，吉敷只能認為這是長岡與攝影者小出合謀的謊言。作為《相機A》雜誌的編輯部，只要作者說作品攝於十八日『隼號』列車上，他們恐怕不會去調查核實這照片是否真的是在十八日的『隼號』列車上拍攝吧，於是就按小出所說的刊登出來。

但是，如果以上假設成立的話，卻找不出他們要這麼做的理由。但如果九條千鶴子是嫌犯的話，事情就容易理解了，在長岡和小出的協助下，用這種方法製造不在現場證明。可是，她不是嫌犯，而是受害者呀。

《相機A》雜誌的編輯部在水道橋，吉敷直奔編輯部而去。雜誌上沒有刊登小出的地址，所以除了去編輯部打聽外別無他法。聽長岡說，他在藍色列車上與小出交換過名片，他把名片給了小出，但小出的名片剛好用完，沒辦法給他。

吉敷在編輯部接待室與負責照片徵集的編輯會面。當他一說出小出忠男的名字，編輯便啊地點點頭。吉敷說想知道小出忠男的住址，他馬上用內線電話通知同事拿資料來。

吉敷詢問小出忠男是怎麼樣的人？他想這位編輯應該見過小出忠男。

『他已經是祖父級的人物了。』編輯說道，『他以前是開銀樓的，現在已經退出商場，把生意交給兒子媳婦打理，夫婦兩人隱居在行德的公寓裡。由於生活優閒，就到處旅行，一個勁兒地拍照。』說完，編輯把抄了小出忠男地址的紙條交給吉敷。吉敷繞了個圈子探問小出忠男是不是個正派人物？編輯笑著，拍拍胸脯做了擔保。然後說道：『你見了他就明白啦。』

吉敷用電話確認小出在家後，便搭乘東西線電車去行德。

因為小出住的是站前公寓，所以他一下就找到了地址。從樓下的公共電話亭打電話上去後，對方說歡迎光臨。電話中傳來的是沉穩的老人聲音，光從這聲音來判斷，就知道這不大可能會是合謀犯罪者。走出電梯，在玄關口見到小出先生後，這種印象就更強烈了。

吉敷被帶到會客室，小出夫人奉上茶水。平日拜訪小出的人大概不多，所以有客人來時，小出先生便情不自禁面露欣喜。尤其見到吉敷手持《相機A》雜誌後，更把吉敷視為同好。但吉敷記得最初打電話聯絡小出時，早就告訴他自己的刑警身分了。

『我來打擾，是想要了解這本雜誌上所刊登小出先生拍攝的九條千鶴子的照片。』吉敷直截了當問道，『除了雜誌上刊登的這張照片外，還有這位女性的其他照片嗎？』

『嗯，有呀。』小出老人答道，『你要看嗎？』

『是的，請務必讓我看看。』正如小出所說，替千鶴子拍的照片大約有半捲底片之多。不過洗出來的照片大多是標準尺寸，只有幾張拍得好的放大成六乘四的照片。

其中，多數照片攝於單人寢台車廂的走廊，越過背景窗口，可以見到橫濱、靜岡的車站站牌。此外，也有坐在單人寢台床上的照片。

『這張照片是用廣角鏡頭拍的。』小出老人從旁邊探過身來說道。吉敷聞到一種令人懷念的老人特有的氣息。

『這些照片全都是用六十分之一秒快門拍攝的嗎？』吉敷問道。

『嗯，是的。』老人瞇起眼答道。吉敷暗暗地嘆息。然後為了提振老人的精神，吉敷稱讚小出的照片拍得很好，說自己最喜歡的一張是千鶴子的側面照，又說登在雜誌上的那張當然是上上之作。老人聽了之後喜不自勝，連聲說著自己也非常喜歡這批照片，不過寄給雜誌社時有點擔心，怕編輯部不接受。『那麼，這些照片的拍攝順序如何？』吉敷問道。

『這個嘛，你要看洗出來的底片嗎？』

『好的，請給我看看。』吉敷仔細看了底片，發現登在雜誌上的照片是所有照片中的第二張，而吉敷剛才說最喜歡的那張照片則是最後一張。吉敷還發現一個有趣的現象，照片越往後，出現笑臉的照片就越少。

『這是個怎麼樣的女人呢？』吉敷拿著照片問道。

『這個嘛，我印象中她是個文靜的女孩子。妳覺得呢？』小出老人問坐在沙發旁邊的夫人。吉敷到現在才知道小出夫婦是一起去旅行的。

『嗯，很漂亮的女孩，而且很懂人情世故。』夫人笑著說道。

『你說她懂得人情世故，是不是指她擅長與人交際應酬？』

『對、對，我的意思正是如此。或許她從事公關之類的工作吧。』夫人笑著補充道。吉敷告訴夫人這女人在銀座的夜總會做事。

『哦，果然如此。』夫人點頭說道。還是女人最了解女人。

『她很會說話嗎？』吉敷向主人問道。

『是呀，這女孩很會說話，跟她聊天，有越說越投機的感覺。』

『一開始，是小出先生主動與她搭訕的吧？』

『是的。藍色列車停在東京車站等待發車時，我看到那女孩站在走道上看著窗外。哦，好漂亮的女孩啊！我就上前搭訕，說自己愛好業餘攝影，可不可以替她拍張照？』

『她怎麼說？』

『她馬上點頭同意。我拍了兩、三張照片後怕打擾她準備停手，但她的興趣似乎越來越濃，她對我說她曾經當過模特兒，到現在還很懷念那個時代，於是我又拍了不少照片。全靠這個女孩，讓我度過這趟愉快的旅程。』

『啊，剛才你說九條小姐在東京車站朝窗外看，是嗎？』吉敷想起來似地問道。

『是呀。』

『她注視的是月台嗎？如果是這樣的話，她是不是在等人？』

『不，我沒有這種感覺。她似乎是在看遠處的街道。』

『街道？』

『是呀，她望著遠處街道上的霓虹燈，有種依依不捨的感覺。』

『看霓虹燈？』

『嗯。這女人臉上露出了寂寞的表情，讓人想起紅顏薄命這句話。』

吉敷突然覺得氣氛變得凝重。『除此之外，有沒有注意到這女人有什麼異常的舉動？』

『這個嘛，她經常站在車門口的平台上。』

『你是說她站在走廊過道上嗎？』

『不，不是走道，是兩節車廂連接的地方。』

『她站著做什麼呢？』

『不知道。我曾經跟她打過招呼，結果反而影響了她的心情，她輕聲說希望能夠那樣靜靜地站著。我們倒有點替她擔心了。』夫婦倆齊聲回答。吉敷不由得做了一個深呼吸，然後陷入沉思。

『啊，刑警先生。』小出夫人說道，『九條小姐怎麼啦？』

吉敷沉默著，過了一會兒才抬頭問道：『你們在列車上見到她時的確是十八日的事嗎？』

夫婦一起點頭。

『是十八日的哪一班列車呢？』

『「隼號」。』

『發車的時間？』

『十六點四十五分從東京站出發……』

『你是什麼時候見到九條小姐的呢？』

『這個嘛……她一直站在車廂連接處，我們每去一次廁所就會見到她。直到晚上九點左右，她還在那裡。我上前問她是不是不舒服，要不要拿點暈車藥給她？她搖搖頭說沒有不舒服，又說馬上就要回房間睡覺。但說完後還是站在原地。』

吉敷又嘆了口氣。『此後就沒有再見到她了嗎？』

『是的，因為我上床睡覺了。』

『第二天十九日呢？』

『第二天早上我從遠處看到她在餐車，心想要不要上前跟她聊幾句，可是看到只有她一個人，我就不過去了。』

『我倒是跟她說了幾句話，但回到一號車廂後，她的舉止有點畏縮，好像在躲避什麼人似的。』小出夫人說道。

『她在終點站西鹿兒島下車嗎？』

『不，她在熊本站下車。』這一次是由小出老人回答，『於是我舉起相機，從窗口拍下她在月台上行走的背影。吶，就是這張，還沒有放大。』老人給吉敷看另一捲底片。吉敷看到很小的千鶴子全身背影。

『唉，我畢竟老了，不大能準確攝取遠方景物了。』

『這是熊本站的月台嗎？』

『是的。』

『到熊本站時是幾點鐘？』

『你要知道正確的時間，就得看列車時刻表了。大概是十一點左右到熊本站吧，正好是午飯前。』

吉敷不由得又嘆了一口氣。午飯前在九州熊本，就算立刻掉頭返回東京，也要十九日晚上才到得了。這是絕對不可能發生的事呀。

吉敷再度陷入沉思。小出擔心地問吉敷怎麼了？『沒什麼。』吉敷說道。

『噢，你們兩位經常一起外出旅行嗎？』吉敷暫時把話題岔開。

『不，夫婦一起外出旅行的情況不多。』老人答道。

『不是不多，而是完全沒有。』夫人做出更正。

『這倒說得是。不過十八日那天是老太婆的生日，兒子媳婦特地買了車票，由我陪老太婆參加這次藍色列車之旅。』老人說道。

如此看來，搭車日期是十八日絕對錯不了，吉敷心想。巧的是，吉敷的生日也是十八日。

『九條小姐她怎麼啦？』夫人再度詢問。她好像也感覺到事有蹊蹺。

『嗯，九條千鶴子小姐死了。』聽吉敷這麼一說，兩人雙眼圓睜，張口結舌。

『什麼時候的事？』過了好一陣子，老人才問道。可是，對於這個問題吉敷難以回答，因為連吉敷自己都還沒搞清楚九條千鶴子確切的死亡時間。

『果然如此啊。』老人嘆息道。夫人也有同感。『總覺得她是紅顏薄命。』

吉敷從這些話中似乎聽到某些言外之意。

『真可憐。發生了什麼事情嗎？』

『不，她是被謀殺的。』

兩人再次睜大雙眼。『兇手是誰？是什麼人做的？』

『我們正在調查中。』聽吉敷這麼說，兩人終於明白吉敷上門拜訪的目的。吉敷這時想起《相機A》雜誌的編輯說過的『你見了他就明白啦』這句話，兩位的確是親切厚道的老人家。

『真可憐啊，我在列車上還要了那女孩的地址，正準備把照片和雜誌寄給她呢。』

『你們還交換了名片吧。』吉敷說道，『我也拜訪過神田的長岡先生了。』

聽到長岡這個名字，老人想了一下然後說：『啊，那時候在列車上遇到的先生，他給了我名片，可是我的名片正好用完，沒法給他，真遺憾。』

室內的氣氛變得凝重起來，調查工作只能到此為止了。

3

從小出老人家裡出來時已是深夜了。吉敷在行德站前的公用電話亭，打電話到銀馬車夜總會，叫出志保後，問她記不記得千鶴子曾說過要搭十八日的藍色列車之類的話？她說沒有印象。吉敷再請她叫行子聽電話，問了行子同樣的問題。行子聽了馬上回答說千鶴子親口對她說過會搭十八日下午四點四十五分發車的『隼號』去九州，千鶴子還欣喜若狂地說給其他同事聽。吉敷聽了之後感到一股寒氣襲人。

像是怪談，又像是事實，不，應該說是隆冬怪談吧：九條千鶴子很早就是藍色列車迷，這次終於買到單人寢台車票，滿心歡喜地準備搭車旅行，可是，就在出發前一刻，她出乎意料地被人殺死，但她的精神不死，靈魂離開身體後，還是按原計畫奔往東京車站，搭乘『隼號』列車?!——

第二天，吉敷一大早就去櫻田門警視廳，跑到鑑識課，坐在船田的辦公桌旁，等著船田上班。三十分鐘後，船田看到吉敷等在自己的辦公桌旁時，驚訝得睜大眼睛，然後笑著說：『啊，竹史君，你工作起來真是幹勁十足。又是為了成城那個被殺的女人吧？』

吉敷點點頭，但此時他沒有開玩笑的心情。

『看你雙眼通紅，昨晚沒睡好吧？』船田關心地問道。

『我無論如何解釋不了九條千鶴子那女人的死亡時間。可不可能把死亡推定時間再往後推一點？』

『推到什麼時候？』

『十九日晚上。』

『哇！那可不行。』船田立刻回答。

吉敷一面把額頭的頭髮往上撥，一邊問：『為什麼？』

『理由很多呀。之前我沒說過，首先從水母皮的角度來看，就足以否定你的假設。』

『水母皮？』

『嗯，我想你應該知道，長時間浸在水中的屍體，手腳皮膚會發白膨脹，稍微用力就能把手腳指甲剝離。假設如你所說那屍體是在十九日晚上才沉入浴缸，那麼到二十日下午五點我們抵達現場之前，屍體浸在水中的時間大概只有二十小時左右，不會超過二十四小時。在這麼短的時間內，皮膚不可能開始膨脹。我有足夠的自信，那女人的屍體在水裡至少泡了三十小時。』

『三十小時？』

『嗯，我對三十小時這個數字有十足的信心。不到三十小時，屍體就不會出現那樣的狀態。你應該知道，我處理過很多浸在水中的屍體及溺死者的屍體啦。』

『你是指死後泡在水中的時間？』

『對，是死後。』

『不包括活著的時間？』

『是的，不包括。』

『如果三十小時的話……』吉敷拿起放在桌子上的紙張開始計算。

『假設我們到達現場的時間是二十日下午五點，在這之前三十個小時，也就是十九日上午十一點……』

吉敷眼前浮現小出老人的影像。千鶴子在熊本下車的時刻應該是十一點左右吧？吉敷立即查閱列車時刻表。沒錯，『隼號』列車到達熊本站的正確時間是十一點零八分。

『三十小時是非常保守的估計，我想，實際情況恐怕還要稍微超過這個時間。總之，三十小時是所謂的臨界線。』

吉敷的左手五指拉扯著頭髮，陷入短暫的沉思。船田說明了推斷死亡時間的各種條件。這裡面，最重要的條件是『腐敗變色』問題。死後二十四小時至三十六小時的屍體，下腹部會開始變成水藻綠色，然後遍及全身。千鶴子的屍體已經出現這種情況，所以，他絕對不同意這具屍體距離死亡還不到二十四小時。船田接著繼續解釋，但吉敷無心再聽。因為光是水母皮的問題就已經夠他受的了。

九條千鶴子的屍體浸在浴缸裡至少三十小時。屍體是二十日下午五點被發現的，那麼，屍體至少從十九日上午十一點起就已經浸在浴缸裡了。想到這裡，吉敷突然想到自己忽略了很重要的一點：『屍體的發現。要知道首先發現屍體的不是警方，而是向警方報案的人。能找到這個人的話，一定能找到更詳細的資料。』

吉敷再度回到成城，跑到『綠色家園』公寓。他一面仰望現場，一面繞公寓走了一圈。公寓周圍並無高層建築物。找到公寓管理員後，向他借了三〇四室的鑰匙。打開玄關大門。堆積的報紙已經不見了。無主房屋特有的氣味開始飄蕩。進入浴室。浴缸內沒有水，瓷磚上已積了一層薄薄的塵埃。浴室的小窗關著。不用說，窗戶用的是毛玻璃，從外面無法看清裡面的情況。吉敷站到浴缸邊，抓住窗框上方的把手，用力往下一拉，窗戶往內側打開。外面的冷空氣馬上流進浴室裡。

空氣流通情況很好，這扇小窗戶正是要用來散逸室內水蒸汽的。而且，即使打開窗戶，外面也不容易看到浴室裡的情形。那麼，報案者是怎麼知道浴室裡發生的事呢？

在吉敷眼前，靠在浴缸裡死去的九條千鶴子的身影再度出現：她的腰部前移，形成很深的坐姿。下巴微微上抬，後腦靠在浴缸邊緣。在千鶴子那可憐的臉部，吉敷在想像中把臉皮疊上去。然後，吉敷仰頭看著小窗的V字型窗縫。冬天的冷空氣偶爾會從這裡激烈地吹入，發出呼呼聲響。在這聲音的前方，一棟大廈像海中島嶼般浮現眼前。那是？——

這大廈跟『綠色家園』公寓之間有段距離，吉敷估計至少在五十公尺以上。吉敷還能看到這棟大廈陽台上的人，不過看不清是男是女。不言而喻，那棟大廈的人也能看到這裡。透過浴室小窗的V字型窗縫，或許能看到浴室裡的人臉吧。可是，這浴室裡的人是死人呀，她已經不會動了。對方即使站在某個能看進浴室的位置，恐怕也要花幾個小時細心觀察才能發現問題。再說，用肉眼很難辨認，那麼對方很可能是用望遠鏡了。

吉敷下樓，把房門鑰匙還給管理員後立刻打電話給船田。他要證實自己的記憶。船田在電話那頭斬釘截鐵地說：『當時浴室的窗戶是開著的。』

4

安田常男焦慮不安。他提心弔膽地舉起雙筒望遠鏡望向對面那陽台上殘雪未消的房間，只見窗簾全部拉開，房間裡滿是穿著制服的人，正忙碌地檢查著。其中一人打開窗戶，走出陽台踏在積雪上環視四周。刑警的眺望讓安田差點心跳停止。安田想到警方早晚會發現他的存在時，對自己打了那通匿名電話的行為深感後悔。安田所住的公寓，不僅是陽台，從廚房水槽上方的窗戶，也能看到對面那女人的房間。不過要從V字型窗縫看到那女性死者的臉，就非在陽台不可了。

所以，安田不得不忍著嚴寒，在大雪覆蓋的陽台上長時間觀察。就這樣，不知不覺間得了感冒，只能對著稿紙淨擤鼻涕，弄得鼻頭又紅又腫。胡亂吃了點感冒藥後，胃又痛了起來，接下來又是腹瀉，讓他整整瘦了一圈。一個月過去了，那女人的房間裡再也見不到人影，看來，可以恢復原本的寧靜了。正當安田覺得可以鬆一口氣時，門鈴突然響了起來。

大概是有人上門來推銷訂報之類的吧，安田自忖對付推銷員還算有一套，所以連窺視孔也不看，就把房門打開。但站在門口的不是平常慣見西裝筆挺的推銷員，而是個瀟灑的男子。他可能超過三十歲了，但看起來只有二十五、六歲。安田心想，這可能是個另類推銷員吧。『你要推銷什麼？』安田用不耐煩的語調冷不防地問道。這段時間他一直在感冒，到現在還微微發燒，再加上連續腹瀉，安田覺得有點虛脫。顯然，安田不準備在大門口跟推銷員長期抗戰。

可是，對方並不回答他的問題，而用早已習慣成自然的動作從大衣內袋中掏出手冊停在安田眼前。手冊封面燙印著三個金色大字：『警視廳』。安田怔怔地看著這三個字。

『是你打匿名電話報警的吧？』刑警對著這素未謀面的男人很有把握地說。

安田因為這句話的衝擊而呆住了，眼前直冒金星。等到稍微回神之後，他重重地點了兩下頭。如果站在玄關說話，恐怕感冒又要加重了吧。安田願意把吉敷帶進屋裡再談。吉敷這個刑警看起來很隨和，沒有咄咄逼人的感覺，這跟安田心目中的刑警印象大不相同。

『哦，你是作家呀。』刑警看到書桌上攤著稿紙後對安田說道。

『嗯，是呀。』安田邊說邊慌忙收拾稿紙。安田所寫的，多半是艷情小說一類的東西。

『說實在，打匿名電話報警，多少跟我的工作有關。』安田哭喪著臉說道。在這嚴冬時節，安田卻渾身冒汗。

『我不過是個藉藉無名的小作家，不想為這偶然的巧合出名，那樣反而會被人在背後指指點點說我是什麼變態色情狂了……』刑警邊笑邊點頭。他的笑容頗有魅力。

安田清理好桌上的東西後坐到椅子上，開始仔細打量這刑警的相貌。越看越覺得這是個美男子。『嗯，請問刑警先生大名？』安田向瀟灑的刑警問道。
『吉敷。』
『YOSHIKI？』
刑警說明自己名字的漢字寫法。名字也取得好！年紀又比自己小多了，安田不免油然升起嫉妒之心。這傢伙要是去夜總會，鐵定會有一大票小姐一擁而上吧。
『請不要公佈我的姓名。』安田用強硬的口氣說道。
『哦？』吉敷刑警露出不解的表情，突然覺得安田的精神是不是有點錯亂了？
『不，實際上，我只是想請警方對我的姓名保密。我打匿名電話報警，純粹是出於本人想做個好市民的誠意。』
說到這裡，安田覺得自己太卑躬屈膝了，於是又改用強硬的語氣說道，『無論如何，你們一定要隱藏我的姓名！』安田怒氣沖沖，一張臉脹得通紅。吉敷覺得這是個奇怪的男人，注視他片刻之後，慢慢伸手觸摸他的額頭。『你做什麼？』安田的歇斯底里再度發作。『我不過是個平凡的中年男人，我不想被人看成變態色魔。』安田粗暴地把刑警的手推開。
『你在發燒。』刑警說道，『而且熱度很高，不如躺在床上好了。』
被刑警一說，安田才驚覺自己因為發燒而變得狂躁不安。
安田躺在床上，刑警用濕毛巾敷在他的額頭上。安田終於平靜下來，他連連向刑警道歉，然後斷斷續續說了自己的目擊過程。刑警默默聽著。『就那樣，我看了好多次，都沒見到那女人有任何動作……』

『那麼，你最早用雙筒望遠鏡從浴室窗縫見到九條小姐是什麼時候的事？』

『天快亮的時候。』

『哪一天？』

『嗯……那天是十九日吧。對、對，我想起來了，那是十九日清晨，絕對沒錯。』

刑警露出迷惑的神情，說道：『你斬釘截鐵說是十九日，有什麼理由嗎？』

『當然有啦。十九日是星期四，那天是截稿日，星期三晚上我通宵趕稿，結果還是寫不完，不得不打電話給編輯部要求延期交稿……所以我清楚記得那一天。』

刑警的臉上又蒙上陰霾。『十九日的什麼時候呢？』

『前面不是說過了嗎？是天快亮的時候。那時天色還很暗，我走到陽台，想讓頭腦清醒一下。從現在這個季節來看，大概是六點多一點的時候吧。』

『原來如此。我可以去陽台看看嗎？』刑警起身，隨手拿起放在書架旁的雙筒望遠鏡，走到陽台。在陽台上舉起望遠鏡觀察對面公寓，吉敷口中喃喃唸著：果然如此，看得很清楚呀。刑警親眼證實了安田所言。

回到房中，又問了安田兩、三個其他問題後，吉敷便說要告辭了。安田好像要從床上掙扎著起身，吉敷連忙用手制止，請他不必起來。

『那麼，我的名字可以保密嗎？』安田焦急地問道。

『或許吧。』刑警答道，『只要情況許可，我們就不會公開你的姓名。』

聽刑警這麼說，安田露出不安的神色。吉敷趕忙堆笑道：『請放心，我們一定盡最大努力替你保密。』

安田稍微安心了點。吉敷正要離去時，安田又若有其事地叫住了他。

『什麼事？』

『對面公寓那個女人，身材一流吧？』

刑警感到愕然，然後稍微想了一下，說道：『啊，這我倒沒有注意。』

5

二月底，正當吉敷在成城警署的搜查本部大傷腦筋的時候，一位意想不到的人物現身了。此人叫中村吉造，曾經在櫻田門一課和吉敷共事。當時吉敷還年輕，缺乏辦案經驗，中村是前輩，幫了吉敷不少忙。從今年初起，聽說他被調為一課的後續搜查組負責人。『哎呀！中村兄來得正好，快幫我們早日走出迷宮吧。』

『看你愁眉苦臉的，我只好來自討苦吃了。不過，能跟老拍檔重新合作還真是值得高興啊。』

中村一如往常，穿著夾克，頭戴貝雷帽。這是他的標準裝扮。以前曾有一個引起社會震驚，連續姦殺女性的色魔，他喜歡戴貝雷帽，開白色跑車。所以一時間，大家都開始討厭戴貝雷帽的人，使得中村連帶地遭人白眼。但他不為所動，還是照戴不誤，可見他有多愛貝雷帽了。中村脫下夾克，一面把衣服掛在椅背上，一面把一本雜誌丟在桌子上。『你看看這個。』

這是一本旅行雜誌。中村在吉敷旁邊坐下後，翻開做了標記的某一頁，對吉敷說登在上面的文章你一定會有興趣。因為這篇文章對本案而言相當重要，所以抄錄如下。

與我一起吃飯的幽靈

長岡七平

今年一月十八日，我終於如願以償，搭上了藍色列車『隼號』的單人寢台。在車上，我邂逅了一位不可思議的女子。從列車還停在東京站開始，這位女子便沐浴在照相機的閃光中。穿著灰色毛衣，如同明星般的美女，散發出模特兒的風采。列車經過熱海後，我靠近走廊的窗户，眺望漸近暮色的窗外風景。

『你知不知道餐車在哪節車廂？』背後傳來女性的聲音。回頭一看，就是方才看到的那位女子，她那端莊的容貌，在我眼前熠熠生輝。

我模仿外國電影的台辭裝腔作勢地告訴她餐車離這裡很遠。然後，我懷著冒險的心情說：『怎麼樣？要不要喝一杯比餐車美味的咖啡？』

『啊，附近有咖啡喝嗎？』

這女子頓時顯得神采飛揚。

『有的。』說完我便拉開我單人寢台的房門。

出發前，我特地請我家附近常去的咖啡店泡了香濃的咖啡裝在保溫瓶帶到車上。同時也帶備了三明治。這兩樣東西，幾乎成爲我出門旅行時如影隨形的必備品。那位女子跟我進了單人寢台室，她似乎對我也帶有好感。

在裡面喝完咖啡，她向我致謝後就走出房間，然後不知爲何，在兩節車廂的交接處站了很久。我走近問她爲什麼一直站在這裡？她說不爲什麼，只是想多站一下而已。接著，她又對我說了一段彷彿謎語般的話：『我喜歡夜晚，喜歡月光和柔和的螢光燈光。太陽光對我來說，太過強烈了。』

我出外旅行時都很早就寢，是爲了能在隔日清晨看到旅遊地的日出。這一天我也早早就寢，第二天一早起床時，那女人的身影已在車廂連接處消失了。不過，之後在餐車上我又見到了她。只見她換上一件深紅色毛衣，爲了遮光而戴了一副深色墨鏡。我想起她昨晚說的話，看來她眞的討厭陽光。我笑著對她說：『請我吃飯吧。』

在午前陽光的照耀下，她的美麗很特別，彷佛能透光的白皙皮膚像死人一樣。

『我們在東京還能見面嗎？』我不知不覺握著她的纖手，說出這樣的話。

『不大合適吧。』她說道。

接著，她又說出謎一般的話語：『啊，一切都在夢中。』

女人在熊本站下車，離開『隼號』。唉！我不可能與她再度會面了。這倒不是說她不給我見面的機會，而是她根本是個死人。日後我偶然見到通緝殺死這女人的一名年輕男性嫌犯的海報，海報一角印著她的照片。此事爲我帶來的巨大衝擊，是我有生以來的第一次。這衝擊不僅僅是那女人被人謀殺，問題在於她的死亡時間：一月十八日下午三點二十分左右。無論如何，這時間要早於『隼號』從東京車站出發的下午四點四十五分。

這就是說，那時候她已是死人。我和死人一起吃飯。

6

『我見過這篇文章的作者。』吉敷讀完文章後說道，『但我沒聽他說過在「隼號」列車上跟那女人一起吃過飯。』

『哈哈，這位七平先生看來是個愛虛榮的人，他想假裝自己有女人緣吧。』

聽中村這麼說，吉敷只能苦笑，眼前浮現出小個子、稍胖、頭髮略稀的長岡的身影。長岡的臉上有一對小眼睛，相貌很平凡，年歲也接近五十歲了吧。而且，不僅外表普通，性格上也老實木訥。難以想像這樣的人敢握住在列車上初次相識的女人的手。所以，吉敷雖然口裡沒說，但心想這篇隨筆散文不過是反映長岡內心的願望罷了。

中村是道地的東京人，從任何方面來看都是辛辣的男人。吉敷如果說出自己的看法，中村必然拍手稱快。但吉敷不急於回應他的看法。吉敷伸手拎起眼前的電話話筒，翻找筆記簿中的電話號碼，然後撥號。『這裡是長岡體育用品店。』電話那頭傳來女店員的聲音。問她長岡七平先生在嗎？女店員說請稍等，沒多久傳來記憶猶新的長岡謙恭的聲音。告訴他自己就是前幾天上門拜訪的刑警，又說剛剛拜讀了他發表在旅遊雜誌上的大作。對方連聲說不敢當。

『聽說大獲好評喔。』吉敷信口開河說道。

『哪兒的話，不過是寫得比較通順而已。』謙遜之中帶有得意的感覺。

『在列車上，你與千鶴子小姐打得一片火熱喔？』被吉敷這麼一問，長岡在電話那頭『啊！』了一聲。吉敷本來不想用盤問的語氣，但很明顯長岡在電話那頭尷尬了起來。

『我不知道你還跟千鶴子小姐一起用餐呢？』

『嗯……』長岡支吾著。

事後想想，吉敷覺得自己的提問方式不大好，但當時並未察覺。長岡一定為文章暴露了自己的戀愛情結而感到難為情。『你和千鶴子小姐是一起吃早餐吧？』

『啊……』長岡依然支吾以對。吉敷記得見到長岡時只聽他說過早上在餐車見過九條小姐，會不會是自己記錯了呢？『你們一起吃飯了嗎？』吉敷再問一次。

『嗯、哦、啊……』長岡漫應。聲調中充滿羞慚的感覺。

『真是樁有趣的案件。』看著吉敷放下話筒，中村說道。

『非常奇怪的案件，很難理解哦。我是平生首次遇到如此稀奇古怪的事情。』吉敷說道。

『讓我看看《相機A》雜誌。』中村說道。吉敷拉開抽屜，取出雜誌交給中村。

『名不虛傳，果然是個美女！』中村使勁用手壓了壓貝雷帽的頂部。

『這個女人是什麼人？』

『銀座的小姐。』

『噢，那是秋田來的了？』

『不，老家是越後。為什麼你說秋田呢？』

『哦，她是越後美女嗎？以前的銀座小姐，大多來自秋田的雄物川流域，其次是博多一帶。』中村經常會炫耀一下他的廣博知識，但多半是些古老的話題。

『聽說這女人的臉皮死後被剝去了？』

『是啊。』

『好像奇幻電影呀。』

吉敷無言以對。他自己就好幾次有這種感覺。但在潛意識中還是會抗拒這種想法。

『剝下的臉皮要用來幹嘛呢？』中村問道，『再說，我們能確定這個越後美人在「隼號」列車出發時已經絕對死亡了嗎？』

『不，現在還不能斷言。十九日清晨五點左右，也就是說「隼號」列車……』

說到這裡，吉敷翻開手邊的列車時刻表，邊看邊說，『正好從廣島站發車吧。這是九條千鶴子的死亡推定時間的下限，也就是說，她不可能活著到達下一站岩國。』

『有人見到這女人下車嗎？』

『她在熊本站下車。』

『什麼時候到達熊本的？』

『上午十一點零八分。』

『是十九日的上午十一點零八分嗎？』

『對。』

『如果立刻匆匆忙忙趕回東京，恐怕也要到十九日黃昏才能到吧？能不能把死亡推定時間拉近至十九日黃昏呢？』

『我也這麼想，但鑑識部門認為絕對不可能到這麼晚。船田那傢伙信誓旦旦地說，如果那女人十九日下午才死的話，他就辭職不幹了。』

『既然那傢伙這麼有自信，我們也不能不信了。』

『最重要的還在於那女人的屍體在十九日一大早，也就是清晨六點半左右就被人發現了。』

『這是怎麼回事？』

『離開死者公寓五十公尺左右的一棟大廈裡住著一個落魄作家，他好像經常用雙筒望遠鏡窺視那女人的房間。』

『那是變態色情狂了，難得他竟成了協助警方的好市民。』

『他通宵趕稿，在天剛亮的時候拿著雙筒望遠鏡跑到陽台，發現對面公寓裡的女人死在浴室裡。所以，中村兄剛才所說的可能性就完全不存在了。』

『哇，這倒是真的不可思議了。十九日清晨六點半這目擊時間可靠嗎？』

『可靠。』

『如果是真的話，那就是超自然現象了。清晨六點半時，列車「隼號」開到哪裡了？』

吉敷再度拿起列車時刻表翻閱。

『德山附近。「隼號」列車五點二十分從岩國站開出後，六點五十七分到小郡站停車。比它早一班的特快寢台車「櫻花」號，會在兩者之間的德山站停車，但「隼號」在兩站之間並沒有停車，所以清晨六點半時，「隼號」列車大概通過德山站附近吧。』

『但此時九條千鶴子已經死在浴缸裡了，而且被附近的變態色情狂所發現……』

『如此說來，我剛才的假設是完全不可能存在了。』

『是呀。』

『其實，連我自己也不相信，或許是孩子氣的想法吧。』說罷中村陷入沉思。稍後他再度開口，而且似乎要逐字確認般地慢慢說道：『有這麼一個女人，她一直想搭乘單人寢台的藍色列車。但在列車出發的一個半小時前被謀殺。假設這是已確定的事實。接著，有人將女屍的臉皮剝去。可是，應該死去的女人或說有著相同容貌的女人，又接著搭上藍色列車……』中村說完後再度陷入沉思。

『中村兄，你到底想說什麼？』

『我想說什麼？你不明白嗎？』

『荒謬？』

『實在太荒謬啦。』

『就像你所說的奇幻電影裡的情節啊。』

『最近聽說精細的整容手術頗為風行哦。』

『整容手術能移植女人的整塊臉皮嗎？恐怕還做不到吧？』

『我不知道，因為我不是醫生。或許是拿去當作整容手術的樣本吧。』

『也可能拿臉皮去做另一張面孔。』吉敷說完後不禁笑了起來。但沒多久，內心開始產生不安的騷動，笑容隨即消失。他想起剛才讀過長岡的文章。那裡面有段幽靈女的自白：

『我喜歡月光和螢光燈的燈光，討厭強烈的陽光。不願在日光下出沒，難道是換了臉皮的關係嗎？』

『唉，實在搞不清楚為什麼要這麼做？』吉敷說完，又拿起話筒打給船田。

船田接起電話。吉敷把剛才的想法告訴他。船田聽了哈哈大笑。『你來問我就對了。』船田說道，『要是你問我們主任或警察醫院的人，他們一定以為你有神經病。』

『臉皮移植不可能嗎？』

『當然啦，我從來沒聽過換臉皮這種事。』

吉敷掛上話筒。

『船田說不行吧？』

『再跟他糾纏下去，船田恐怕要跟我絕交了。』

『船田也不過是堅持常識罷了。如果之前的假設不可行，剩下來的假設就只能是：有兩個女人，她們的相貌一模一樣，到了幾可亂真的程度。不是這樣的話，就說不通了。』

『嗯，不過就算是雙胞胎，也不會這麼像，根本是同一人嘛。』

吉敷從抽屜裡拿出借來的所有照片，包括向小出老人借的底片。

『唉，從照片來看確實很像同一人。但要破解這個謎，一定得找出隱藏在裡面的詭計。我仍然認為最大可能是有兩個長得一樣的女人。』

『嗯，是呀，但是……』

『但是什麼？』

『還是剛才說的，就算是雙胞胎，也不可能那麼像呀。』

『如果你不認同的話，就只有另一種可能性了。』

『哦，還有另外的可能性嗎？』

『雖然比較牽強，但不失為製造這種稀奇古怪事件的方法。』

『說來聽聽。』

『這可能是一宗合謀事件，同黨有長岡七平和業餘攝影師小出夫婦等。只要他們口徑一致，就不難製造這宗稀奇古怪的事件。對於《相機A》雜誌的編輯人員來說，他們無法正確判斷照片中的列車是十八日的「隼號」還是十七日的「隼號」，只能根據附在照片上的說明文字排版印刷。這就是說，那女人搭乘的其實是十七日的「隼號」列車。長岡與小出夫婦在十七日的「隼號」列車上與那女人相遇、拍照、吃飯，然後統一口徑對警方說是十八日的事。不，就算不是「隼號」列車也沒關係，只要有單人寢台，其他藍色列車也可以呀。』

『不，這做法行不通。』

『為什麼？』

『首先是服務員的問題。我也考慮過這個可能，為此還見了十八日下午四點四十五分發車的「隼號」列車上的客務車掌，他證實確有此事。』

『他還記得那女人嗎？』

『記得。畢竟是引人注目的女人，車掌甚至還記得她的穿著：灰色的外套、灰色的褲子、深灰色的針織毛衣……就像從時裝雜誌彩頁中走下來的模特兒……』

『記得這些又怎樣？』

『很可能成為重要的線索。』

『為什麼？』

『這後面再說。車掌還說他清楚記得那女人在十九日上午十一點零八分在熊本站下車。』

『嗯。』

『那女人的車票是買到終點站西鹿兒島，但在中途下了車。』

『車掌連乘客中途下車也記得？』

『是呀，因為搭乘單人寢台的乘客都是重要的客人，何況對方還是個美女。』

『原來如此。』

『再說，十七日那天九條千鶴子還有去銀座的銀馬車夜總會上班。我已經取得店方的證詞。不只是十七日，十六日她也有上班。』

『是嗎？如此說來合謀作案的理論不成立了。看來還是有兩個長相相同女人的可能性大一點。噢，剛才你只說了一半，重要的線索是什麼？』

『這個嘛，還是剛才我提到的服裝問題。關於那女人所穿的服裝，不只「隼號」列車的服務員，長岡氏和小出老人都在證詞中提到，此外從照片上也能看到她的服裝。然後，在女人被殺的公寓浴室裡，我們看到在置衣籃和附近放著內衣褲、灰色外套和灰色褲子，但是毛衣卻變成了粉紅色。』

『粉紅色？』

『是的。原來穿的灰色毛衣不見了。不過，也可能洗澡前穿的就是粉紅色毛衣，洗澡時脫掉了粉紅色毛衣，洗完後準備換穿灰色毛衣。現在我們還沒弄清楚的是，那是搭乘列車前的狀態嗎……』

『嗯，時間的先後很微妙呀。

『但是，灰色的外套、灰色的褲子配粉紅色毛衣，是不是不大協調呢？』

『這個服裝搭配的問題嘛……我也不清楚。』

『那以後再慢慢考慮吧。首先還是先把焦點放在有兩個長相相同女人的可能性上面，不確定這個問題，我就不能安心。你覺得呢？』

『嗯，就這樣吧。』

『那麼，就先調查這個被殺的九條千鶴子是不是有雙生姐妹？』

『聽說九條千鶴子的老家情況十分複雜，用電話查詢不太容易。』

『那就親自跑一趟吧，怎麼樣？』

『好呀。』

『你說那女人的老家在哪裡？』

『是在越後地區一個叫今川的地方。』

兩人起立，走到貼在牆上的日本地圖前。但是在地圖上找不到今川。吉敷回到辦公桌，拿起列車時刻表。翻到最前面的鐵路地圖頁。

『啊，真讓人驚訝！這不是去年我去過的地方附近嗎？』中村指著地圖上的某處。

『我去的是越後寒川，正好是今川的隔壁，那鬼地方什麼都沒有，實在是殺風景。』中村說道。

第三章

尋找另一個千鶴子

1

搭乘上越新幹線在新潟站下車，吉敷走上天橋，走到往村上的快車線月台轉車。地面濕漉漉的，擦身而過的北方人所穿的夾克原色在被水浸濕的地面上閃耀。是雪嗎？吉敷在陸橋上站停，從窗口向下望。頂部積雪的電車停在車站裡，不過天上沒有下雪，而是下著霧雨，籠罩著新潟的街頭。

吉敷本想在車站附近吃飯，但因為離列車開車時間太近，所以就在月台上買了用大竹葉包的壽司後匆匆上車。列車開動後，吉敷在一大群七嘴八舌談天的中年婦女旁邊進食。

吉敷覺得自己算是個愛好旅行的人，昨晚躺在床上，想到明天要出差，要一個人到大雪紛飛的日本海一帶旅行，就感到樂不可支。對刑警來說，平常幾乎沒有旅行的機會。他到警視廳工作後，坐火車旅行的次數屈指可數。每次出外旅行，不，每次在腦際湧起旅行念頭的時候，吉敷總會想起故鄉。但也不過是想想而已，屈指算來，吉敷已有八年，不，將近九年沒回老家了。吉敷的老家在瀨戶內海邊上，一個叫尾道的小鎮。走出車站步行一、兩分鐘，就能見到海了。他在故鄉一直讀到初中畢業。不過吉敷的出生地並非尾道，他生於岡山縣的倉敷，在那裡念小學，小學畢業後隨父母移居尾道。

但在尾道初中畢業後，他按照母親的意思，每天搭乘電車去隔壁的城市福山讀高中。所以現在回想起來，吉敷的青春時代可說是在旅行中度過。這樣說或許太誇張，但起碼是在連續搭乘電車之中度過的吧。搬到尾道後，吉敷始終未能忘懷度過童年時代的倉敷。所以在高中時，只要沒有社團活動的日子，他就會在福山站的對面月台搭乘去岡山的電車到倉敷，在倉敷的水渠邊漫步，無數次經過大原美術館的門前。

在美術館旁邊，隔著水渠的對面，有間玻璃窗外嵌木格子的和風咖啡屋。在吉敷的高中時代，學生是禁止出入咖啡店的。但吉敷從小就認識這家咖啡屋的女老闆，所以他經常一個人進去，坐在窗邊，透過木格子眺望水渠的石牆和隨風擺動的柳葉在水中映出的倒影。

吉敷非常享受這樣的時間。由於一旦坐下來，就會一直眺望這樣的風景或者讀書，所以吉敷一定選擇咖啡屋生意清淡的時刻進去。每當吉敷在店外馬路上看到自己的座位有人坐了或店裡太擠時，他就沿著水渠溜達或搭電車返回尾道。

現在想想，吉敷也覺得不可思議：高中時代為什麼那麼熱中泡咖啡館呢？他只要用拳頭撐著下巴，一閉上眼，就會想起石牆上綠柳成蔭、往來行人穿著白色襯衫的仲夏景色或枯葉如長長帘幕垂下的寒冬景色。他好像就呆坐在咖啡屋的木格子窗邊，眺望倉敷的四季變遷來度過他的高中時代。吉敷又想，當時自己為什麼那麼孤獨呢？今天自己不是也有很多朋友嗎？他的性格絕不內向，甚至可說善於跟人親近，那時候應該也是如此吧，但為什麼那時候沒有朋友？

雖然多次走過大原美術館門口，但他只進去過一次。而且，那一次不是在高中時代，而是住在倉敷的兒童時代。在尾道生活的時候也有類似的情況。在尾道站後的山上有座千光寺，寺對面有條彎彎曲曲的山間小路叫做『文學小徑』，小徑上到處豎立著文學石碑。為什麼這條山路有如此濃厚的文學氣息呢？那是因為尾道這個地方與志賀直哉的《暗夜行路》之間的關係。志賀直哉就是住在這座山中的小屋中，寫出這部名作的。

吉敷曾跟父親攀登過這條文學小徑直達山頂。站在山頂展望台鳥瞰，腳下就是海洋。瀨戶內海多島嶼，眼前就聳立著最大的島嶼向島，在向島與海岸之間，海被收窄成一條大河。而在島的對岸，是造船廠的船塢，泊著一、兩艘大船。

父親指著對面的船隻告訴吉敷說，在《暗夜行路》中，有描寫從那造船廠不斷傳來叮叮噹噹槌子聲的情節。吉敷至今仍然印象深刻。就在那時以及進了大學後，他曾多次冒出想讀《暗夜行路》的想法，但不知為何最後還是不了了之。踏入警界之後，更是連想都不用想了，他哪來的時間可以讀長篇小說呢？比時此刻，吉敷坐在靠走道的座位上，手肘靠在扶手上撐著下巴，在暖氣的輕拂下昏昏欲睡，此時一個念頭油然而生：買本《暗夜行路》文庫本在車上閱讀倒也不錯。

在村上站轉乘每站都停的慢車，車子行駛了十分鐘左右，左面窗外突然出現了陰鬱的日本海。鉛色的海水冰冷而廣袤，海的遠處被或霧或雲的白色煙靄籠罩，看不到水平線。從到達新潟站起便一直下著的霧雨，此時變成了雪。由應該橫亙在這陰鬱海洋對面的大陸吹來的強風，攪得漫天風雪，敲打著吉敷鼻子前的窗戶。

吉敷拿出手帕，拭去窗上的霧氣，形成一個扇形視窗。吉敷的臉湊近這視窗，只見廣袤的鉛色海面上，凡目力所及之處都飄舞著鵝毛大雪。

列車非常空。快到今川時，吉敷起身，從行李架上拿下手提包。不遠處有個看似本地人的年輕女孩一直盯著吉敷的動作。吉敷背靠著車門側邊，等著列車在今川站月台停車。積雪的殘舊屋頂開始陸續出現，顯示就快到站了。但令吉敷驚訝的是，列車竟然過站不停。簡陋且似乎不見人影的今川車站和寫著今川的站牌在吉敷眼前一閃而過，立刻就被拋在身後。很快，窗外又是荒涼的冬季日本海景色。

吉敷趕緊找列車員詢問：『這趟列車不是每站都停的嗎？』

得到的答覆是：『沒錯，這趟列車確實每站都停，但進入冬季後就不停靠今川站了，只有夏天才會在今川站臨時停車，因為夏季有不少海水浴場遊客。』看來，中村也不知道今川是夏季才停的臨時車站。中村說去年剛來過此地，所以才問他要搭哪班列車？但中村沒說今川站不停車。中村說過這一帶的列車班次很不方便，看來此言不虛。能在白天到達各站的列車，每天只有兩、三班而已，其他都是快車或特快車，對這些海邊小鎮不屑一顧，呼嘯而去。今川可能太小了，甚至連慢車也捨棄了它。不久，吉敷在越後寒川站的月台下車。下車的只有吉敷一人。漫天大雪在月台上飛舞，還能聽到海潮的聲音。

正如中村所說，站前空空盪盪，什麼都沒有。咖啡店當然不用說，甚至連小餐館、旅舍、民房聚落也看不到。也沒有計程車招呼站。距離車站正面約五十公尺處擋著一座光禿禿的山崖，山腳邊有一座孤零零豎著民宿招牌的建築物，但裡面好像也沒有人影。吉敷沿著鐵路，開始朝今川方向往回走。

沒有人擦身而過。走出幾步之外，左邊山頭逼人而來，右邊驚濤拍岸，在被山與海夾峙的狹窄空間裡，鐵路線和一條像國道般的公路並行向前延伸。如果有計程車開過的話，吉敷打算招手叫車，但公路上看不到計程車的影子。吉敷繼續前行。不久，當臉頰完全失去感覺時，見到前方有一棟建築物，門口掛著派出所的牌子，令吉敷喜出望外。中村說他去年來此辦案時曾得到這裡巡警的協助，為此，特別寫了一封給渡邊巡警的介紹信讓吉敷帶在身上。吉敷大步上前，打開房子的拉門。

走進土間，一邊關上身後的門，一邊拂去外套上的雪花，吉敷對著裡頭喊話，但無人回應。吉敷身子前傾往裡望去，見到裡面鋪著榻榻米，火盆上的水壺冒著熱氣。又叫了幾聲，還是無人反應，吉敷只有坐到土間牆邊的椅子上，一面聽著風吹窗框的聲音一面耐心等待。不久，一名巡警從外面回來了，這是個看來年過四十的矮小男子。

吉敷報上自己的姓名和身分，又讓他看了中村的介紹信，然後說自己原本想去今川派出所，但列車沒有在今川站停車，到了這裡，又叫不到計程車，不知如何是好？巡警聽完後親切地說，這一帶沒有計程車，不過他可以開吉普車送吉敷去今川。

在快速撥動的雨刷前面，無數雪團一直線地向擋風玻璃猛烈撞來，車速只能維持在四十公里以下。車子離開派出所後，除了海和披雪的山頭外，再也看不到其他東西。車子沿著迴廊般的國道開了一段路，然後穿過幾個隧道，終於見到有人家的村落。不久，吉普車掠過低矮的屋簷，在村落中穿行。家家戶戶的大門緊閉，完全不見人影。住宅之間由竹編圍牆隔開，無圍牆的空隙處露出海之一角。穿過村落，道路左右又是海和山崖，回復了單調的風景。吉敷往後望，在村落的後面是海灣，許多拖上岸的漁船被大雪覆蓋著。

『這一帶是漁村。』渡邊巡警用濃厚的地方口音說道，『現在是休漁期，因為天氣太冷了。』

在今川派出所，和幾度通過電話，早已熟悉其聲音的福間巡警見了面。聽聲音時以為對方是年過四十的中年人，見了面才知道他還相當年輕。問他九條家在哪裡？他回答說走路過去不算太遠，如有必要也可以開車去。渡邊巡警行了告別禮，回寒川去了。

九條家位於剛才車子穿過的第二個村落，只要順著來時的路往回走，很容易就能找到。福間要幫吉敷帶路，但吉敷考慮之後還是婉拒，因為要向家屬調查的事或許不要被當地人知道比較好。吉敷豎起領子，再次走出大雪紛飛的室外。

2

很快就找到了九條家。房子比想像中的大，位於排成一列的村落中央。看來，九條家算是村中的小康人家吧。環目四顧，兩層樓的房子除了九條家外，只看到另外兩、三間。與左右的簡陋石屋相比，九條家頗有鶴立雞群之感。

進入玄關，玻璃門關著，好像上了鎖。吉敷一面問是否有人在家一面敲門，但屋裡沒有反應。敲玻璃的咯嗒咯嗒聲很快就消失在外面的風聲和潮聲之中。

或許屋裡無人吧，吉敷一面想一面繞到廚房門口。透過模糊的廚房玻璃門，隱約見到裡面有個矮小的女人在做飯。從廚房門口可以看到大海。吉敷輕輕敲了敲玻璃門，門馬上就打開了。女人驚訝地看著吉敷。這女人約莫五十歲上下，有一雙細長的眼睛，雙頰和額頭的皮膚發紅。吉敷讓她看了警察手冊，表明了自己的身分，又說自己剛從東京來到此地。雪從吉敷的腋下掉落，飛到正在火上的鍋子裡。吉敷貼緊著門框，將玻璃門稍微關上。

女人用濃重的鄉音對吉敷說她不太了解情況，她去叫她先生，能不能請他到玄關門口等候？吉敷點頭同意。吉敷再繞到玄關門口。沒多久，只見剛才那女人一面用圍裙擦手，一面用小碎步跑出來，她走到土間，穿上木拖鞋，在吉敷的眼底下打開螺旋鎖。

吉敷走進土間，反手將門關上，看到一個好像是女人丈夫的老人從裡面出來。這人年紀六十開外，兩側髮線已開始後退，頭頂的髮量也很稀薄。不過他兩頰通紅，看起來不太像是農村的老人。鼻梁高而挺，眼瞼深陷，眼睛很大。吉敷心想：嗯，老人的五官很端整，的確有千鶴子的影子。由於這老人在玄關上面的榻榻米上坐下，吉敷也趕緊上去。那矮小的女人則快步去屋裡拿出坐墊。

『我這方面，實在無可奉告。』老人先發制人，冷不防說道。看來對方是個非常頑固的老頭，他不但拒絕領取千鶴子的遺體，還對為調查千鶴子之死特地從東京趕來的刑警冷眼相看。

『是不是因為女兒很早就離開家的關係？』吉敷問道。

『對。』老人立即回答，『她已經跟我們沒有關係啦。』

『可是，血緣關係永遠存在啊。聽到她的死訊，應該還是感到悲痛吧。』

老人無語。然後淡然一笑。『說不上悲痛吧。』老人嘀咕道，『反正早就形同陌路了。』

『哦，發生過什麼事情嗎？可以說出來嗎？』

『說起來倒也不是什麼特別的事情，只不過……』說到這裡，老人用手指指廚房，他太太正在廚房泡茶。

『這是我的第二個老婆了。千鶴子是我跟前妻生的女兒，自從前妻與我離婚，千鶴子就開始不尊重我這個爸爸，後來還離家出走。我永遠不能原諒她的不孝。』

『那是什麼時候的事情？』

『十四、五前的事吧。』

『這麼說來，是昭和四十五年（西元一九七〇年）發生的事了。』

『對，昭和四十五年或四十四年吧。』

昭和四十四、五年，應該是九條千鶴子十九、二十歲的時候吧。

『你與前一任夫人，是因為什麼原因而離婚呢？』

老人霍地轉過頭去，沉默不語。稍後才嘀咕道：『也不是什麼大不了的事，但我不想回答這個問題。』

『女兒千鶴子會不會是因為你與她的生母離婚而生氣？』

『可能是吧。但我對千鶴子愛護有加，她沒有理由一走了之呀。』

『離家前她對你說過些什麼呢？』

『這個嘛……呃，不記得了。』

吉敷等了一下，但老人守口如瓶，什麼事也不肯說。

『前任夫人，是不是跟千鶴子一起離開的？』

『嗯，不，正確來說，前妻離開的時間比較早。』

『之後就是父女兩人一起生活嗎？』

『不清楚。』

『前任夫人現在怎麼樣了？她住在哪裡？』

『我不知道。』

『她還住在這一帶嗎？』

『這個嘛……她不住在這裡。』

『是在東京嗎？』

『不知道。』

『她叫什麼名字?』

『姓壇上,叫壇上良江。』

『原籍在哪裡?』

『她是北海道人。詳細來歷我不大清楚。』

吉敷記筆記的手停了下來,等待老人說出進一步的資料,但老人噤口不語。外面傳來北風的呼嘯聲。

『她是不是回北海道去了?』

『不知道。』

『她還在世嗎?』

『我不知道。』

吉敷抬起頭,盯著老人的臉,然後正色說道:『我希望你明白,對於警方來說,你是打聽這些事情最合適的人選。不然你要我挨家挨戶跟你的鄰居打聽嗎?』

老人轉過頭來,臉上似乎露出幾分膽怯的神色。不久,他低聲嘀咕著說:『可是,我真的不知道呀。』

『你要知道,你的女兒千鶴子不是病逝,而是被人謀殺呀。即使是外人,也希望警方能盡快捉拿兇手歸案,還千鶴子一個公道啊。』

老人不好意思地垂下頭，自言自語地說：『我當然也希望盡快破案，千鶴子這樣被人謀殺實在太可憐了。而且，這件是也讓我開始擔心起淳子來了。』

吉敷在一瞬間受到了重大刺激，銳利的視線盯住老人。淳子是誰？是千鶴子的姐妹嗎？

『淳子小姐是不是千鶴子的妹妹？』

『是的。』

『現在在家嗎？』

『不，到別地方上大學去了。』

『什麼地方？』

『東京。』

吉敷的心情不由得澎湃起來。千鶴子的妹妹在東京！難道她的長相也酷似千鶴子嗎?!

『那麼，這位淳子小姐，她的容貌和體型是不是很像她的姐姐千鶴子？』

正在此時，九條夫人端著茶過來了。但吉敷好像根本沒有注意她的到來，連珠炮似地繼續問道：『就是說，兩姐妹是不是像雙胞胎一樣相像？』

對於吉敷滿懷期待的發問，老人與妻子相視片刻，然後——

『不！』老人斬釘截鐵地說道，『兩人的歲數相差很遠。而且，兩人的相貌從小時候就完全不同。』旁邊的九條夫人點頭表示贊同。

『不過，我已多年沒見到千鶴子，但無論如何，兩人不可能像雙胞胎那麼像的。』

『有妹妹淳子小姐的照片嗎？』吉敷好像叫喊似地問道。九條夫人在老人示意下起身。

『請問你有幾個子女？』待夫人的身影消失在裡頭後吉敷問道。

『包括千鶴子在內嗎？』老人問道。吉敷迫不及待地點頭。

『共有三個子女。老大是千鶴子，次女淳子，最小的是弟弟定夫。』

『他們的出生年次呢？』

『老大千鶴子，呃……』

『應該是昭和二十五年（西元一九五〇年）吧？』

『對，她生於昭和二十五年。淳子生於昭和三十八年（西元一九六三年），定夫生於昭和四十六年（西元一九七一年）。』

吉敷匆忙記在筆記本上。『姐弟的年齡差距確實很大喲。』老人無言以對。

淳子生於昭和三十八年，也就是說今年二十一歲，與三十三歲的姐姐相比，年紀確實差了一截。要做替身有點困難吧，就算兩人真的長相酷似。

『那麼，淳子小姐目前住在東京什麼地方？』

『住在東急東橫線的都立大學附近吧。她讀的是位於澀谷的女子大學。』

九條夫人取來淳子的照片。吉敷迫不及待把照片搶了過來。有彩色，也有黑白照片，總計約二十張。吉敷逐一審視，結果大失所望，因為兩姐妹的容貌很難說像或不像。

吉敷不由自主地把照片放在榻榻米上，然後陷入沉思。老人夫婦也默默無言。初次見面的主客之間，同時產生奇妙的沉默狀態。

『千鶴子小姐與淳子小姐，應該有血緣關係吧？』吉敷不知不覺提出這個問題。老人默然，面露難色。稍後，他指著身旁的妻子說：『說實在，淳子是她生的。』

『那就是同父異母的姐妹了？』吉敷嘀咕著，心想怪不得兩姐妹的相貌不是很像。但更妙的是，老人與前妻良江離異，千鶴子因此與父親交惡並離家出走，那是昭和四十四、五年的事，但在此六、七年前的昭和三十八年，這老人就已經與別的女人生下了淳子。

發現千鶴子有妹妹，是意外收穫。回到東京以後，當然要去看看她。但現在已可大致確定，這個妹妹不大可能是千鶴子的替身，因為兩人的相貌距離酷似還差得太遠。

『兄弟姐妹只有這三個人？』吉敷問道。這對夫婦點頭。

『女兒只有這對姐妹嗎？』夫婦又點頭。

『我想問一個比較突兀的問題，九條先生。』

吉敷凝視著空中，說道：『但這點至關重要。千鶴子小姐有沒有雙生姐妹？』

老人吃驚地看著吉敷，沉默片刻後說：『對，那孩子的確是雙胞胎。』

吉敷頓時感覺全身的血液沸騰起來。『啊！果然是雙胞胎！』

『不過，雙胞胎中的另一個一出世就死了。』

吉敷在一瞬間張口結舌，腦子一片空白。一度帶來的希望轉眼間隨風而逝。過了好一會兒，吉敷才結結巴巴地問道：『那……那真的確定嗎？』

『確定什麼？』

『雙胞胎中的另一個真的一出世就馬上死了嗎？』

『那當然是真的，還舉行了葬禮，是我目送嬰兒的棺木進入火葬場的焚化爐的。』

『棺木裡裝的確實是已死的嬰兒嗎？』

『那還用說？』

『你記不記得，當時替嬰兒簽署死亡證明書的醫生的名字？』

『記得，是村上鎮村上醫院的樋口醫生。當時他經常來我家出診。』

『還記得這醫生的名字麼？』

『他叫一夫。』

『噢，樋口一夫醫生。現在他還在村上醫院嗎？』

『不，聽說已經去世了。』

『他的家屬呢？』

『沒有什麼家屬了吧。妻子很早就病逝，有個獨生子，但卻是不務正業的浪蕩子。』老人用略帶嫌惡的口氣說道。

『如果我去村上鎮，能見到樋口醫生的兒子嗎？』

『不能，他不在村上鎮了，好像去了外地。』

『我想得到嬰兒確實死亡的證詞。否則不能排除嬰兒在哪裡活下來並長大的可能性呀。』

老人露出莫名其妙的表情，搖搖頭說：『是我親自捧著死去嬰兒的棺木送入焚化爐的。人死怎能復生？』

九條老人用狐疑的眼光看著吉敷，吉敷頓時感到全身虛脫乏力。

吉敷突然明白自己已在不知不覺間形成了千鶴子必是雙生子的偏見，而這偏見又源自中村。倒是有必要與跟這老人離婚的前妻，也就是千鶴子的生母見一次面，從活人口中或許能得到一些有用的線索。『還記不記得壇上良江的娘家地址？』

老人的眼光注視著天花板，顯示他正在搜索記憶。『她的老家是北海道富川，住宅地址是新宅町一三〇七號或一七〇三號，正確號碼記不清楚了。』

此時，玄關被打開了，進來一位國中生模樣的男孩。母親要他向客人打招呼，他連忙點頭致意。看來，這就是么子定夫了。他打了招呼，立即進了房間。

『千鶴子離開這個家，是不是去東京讀短期大學的時候？』

『嗯，差不多吧。正確來說，應該是短大快畢業的時候。』

『那是可以自立的年紀了。』

『是的。已經是成年人了。』

『她與生母良江有聯絡嗎？』

『我不知道。』

吉敷轉向九條夫人。

『我也不知道。』九條夫人搖搖頭。

『那麼妹妹淳子小姐呢？兩人同在東京，千鶴子小姐應該有跟淳子小姐聯絡吧？』

『沒有。』父親斷然答道。吉敷又轉向九條夫人，她也輕聲說沒有。

接下來，吉敷又向附近的住家調查打聽，但出乎意料，鄰居們大都守口如瓶。對於習慣在城市做調查工作的吉敷，似乎缺乏打開村民話匣子的技巧。當然，村民的噤若寒蟬，也證明了九條家在村裡的勢力。不過其中一家的兒子向吉敷透露，說從母親那裡聽到，九條家之前的太太是跟一個年輕男子私奔的。至於那個男的是誰？是怎麼樣的男人？則一無所知。至於千鶴子的雙胞胎妹妹出生後就夭折倒是千真萬確，因為附近不少村民都參加了葬禮，也看到死去嬰兒的樣子。在這方面，似乎沒有疑點。

完成大致的調查工作後，吉敷跑到屋外，天色已經轉暗。雪下得小了一點，但風勢越來越大，海面上波濤洶湧。走在回派出所的路上，穿過村落，在屋與屋之間的空隙，雪片從側面劈頭劈腦朝著臉打過來。離開村落，往前走一段路後再回頭觀望，只見家家戶戶的燈光串成璀璨的一列，燈光背後是黑壓壓的山崖，前面是波濤洶湧的海洋。就在這山與海夾峙的狹窄空間裡，村民們在這裡出生、居住、勞動。圓弧形的海岬遠看像人的下巴，而這些簡陋的村屋則像有縫隙的齒列。

從大陸渡海而來的強風淩厲地穿越縫隙，捲起地上的積雪，直衝山崖。
吉敷終於明白為什麼這一帶屋頂的積雪特別少，原來是海面吹來的強風，把雪颳走了。
千鶴子如果活著，或許會對自己耳語：人為什麼一定要在這種地方生活呢？

3

回到今川派出所，吉敷打電話給東京的中村。當說到九條千鶴子的確是雙生子時，中村在電話那頭發出『果然如此！』的歡呼聲，但吉敷接著說『雙胞胎的另一個生下來後就夭折了』，電話那頭立時變得鴉雀無聲。

『確定真的死了嗎？會不會還活在某個地方呢？』過了好一陣子，中村心有不甘地問道。

『不可能。附近的鄰居參加了葬禮，很多人都看到死去嬰兒的臉孔。我已查出當時簽署嬰兒死亡證明書的醫生名字，看來確實發出了死亡證明書。不過我還沒確實查證。』

『確實查證是必須的，不過像這種證明書，也不過是書面上的東西罷了。嗯，我想……』因為通話距離遙遠，中村的聲音只要稍微低了點，外面的風雪聲便馬上佔據耳膜。中村那略帶優閒的腔調，在吉敷聽來彷彿是來自世界盡頭的聲音。

『當然，這不過是個假設。就是說，在昭和二十五年（西元一九五〇年）時，這個雙胞胎嬰兒跟某個死嬰掉了包。這種調換嬰兒的情況在西方很常見。詳細地說，一方的家長一直渴望有個孩子，但不幸生了個死嬰；而另一方的家長卻生了雙胞胎。對後者來說，就算雙胞胎中的一個死去也不至於造成太大衝擊。醫生靈機一動，就把雙方的嬰兒做了調換。』

吉敷覺得這種假設也不是不可能。一對命運坎坷，剛出生就被分開的雙胞胎姐妹，在不同的地方成長，成年後再度相會，然後牽連到這件殺人事件之中。與其說是假設，不如說這是個頗能吸引人的想像。

掛上話筒後，吉敷想了一會兒，再次打電話到九條家。那個村落大多數家庭並沒有電話，但九條家則裝了電話。當老人接過電話時，吉敷反而不知如何開口了。結果，吉敷只能單刀直入地問當時在醫院裡，嬰兒有沒有可能被人掉包？

九條老人聽了笑說：『絕無可能。』理由是：當時並非在醫院生產，而是在自己家裡，所以不是由助產士或婦科醫生，而是由產婆接生。生產時自己在房門外守候。當聽到產婆大聲呼叫時，他立刻進房，發現生下兩名嬰兒，但其中一名是死嬰。假如產婆動手腳掉包的話，她必須帶另一個嬰兒來我家，但我們沒有發現她有帶大包裹進來。再說，她要把一個呱呱喊叫的活嬰藏在包裹裡帶出也是不可能的。而且，產婆事先並不知道九條家要生雙胞胎呀，她也是到接生時才知道的。

吉敷接受九條的說法，掛上了話筒。接下來，吉敷把思考焦點轉到原籍北海道富川，九條老人的前妻壇上良江身上。吉敷很想跟她見面，如果她還活著且住在原地的話。

雖然就算見了面恐怕也不會有什麼收穫，但起碼在雙胞胎這件事情上可以得到更翔實的說明。另外要弄清楚的是關於私奔的傳言。如果這傳言是真的，那麼壇上良江也許現在還跟那男人生活在一起吧。

關於九條千鶴子上東京讀短大以來的行蹤，已由成城警署的其他刑警做了徹底調查。吉敷在搜查會議上已多次聽到這方面的報告。據調查，千鶴子剛上東京時住在澀谷A女子短大的宿舍裡，後來先後搬到代代木、青山、成城的住所。看不到她與母親同住的跡象。不僅如此，也看不出母親住在她附近的形跡。既然跟母親一起離開了今川的家，為什麼之後不跟母親同住呢？甚至也不讓母親住在自己附近？由此看來，千鶴子的母親與人私奔的傳言似乎是真的了。

果真如此的話，則又帶出一個新的疑問：父母離異的責任應該大半在母親這方，為什麼千鶴子要遷怒於父親呢？另外還有個疑問：成城警署的警員調查千鶴子的行蹤，在沒有發現她與母親來往跡象的同時，也沒有找到她有跟妹妹聯絡的線索。這是不是表示，同在東京的兩姐妹完全沒有來往？

吉敷再次打電話給中村。說了九條前妻生雙胞胎時的情節後，電話那頭傳來了長嘆聲。看來中村也終於死心了。接著吉敷又提到千鶴子的生母與男人私奔的傳言，並表示自己想去見那女人的想法。

『你想去北海道嗎？』中村問道。

吉敷說反正早晚都是要走這一趟的，他準備從今川搭乘羽越本線北上到青森，然後坐青函聯絡船到北海道。中村想了想，然後指出，如果那女人真的跟人私奔，那就未必會回北海道，不妨先調查她目前是否還在富川吧。吉敷說好。中村說那這件事便由他來處理吧。他在札幌警署有熟人，可以請熟人調查在富川的新宅町，現在是不是還住著叫壇上良江的女人？不過調查需要一天時間，請你明天傍晚在這裡等待我的電話。

吉敷跟中村說了聲多謝！然後又說，這樣的話，他明天就去村上調查那個叫樋口一夫的醫生。說完後吉敷便掛上電話。

翌晨，福間開車送吉敷到村上警署，介紹他與署員認識。福間因為所裡有事，又匆匆開車回今川了。吉敷對署員說，他想儘可能的了解昭和二十五年（西元一九五〇年）村上醫院的樋口醫生的情況。對方雖面有難色，但很快就去翻閱資料，並打電話與聯絡有關單位。最後，冒出了出人意表的答案：『他已經結婚，而且去了東京。』

吉敷大吃一驚。『可是，據我所知，這位樋口醫生已經去世了呀。』

『死亡？啊，那是他的父親。』

『我指的是樋口一夫先生。』

『嗯，對了，那是父親。』

『那麼，兒子也是醫生嗎？』

『對，父子都是醫生。』

吉敷記起九條老人說過樋口醫生的兒子是遊手好閒的浪蕩子那番話。

『不，不可能，我沒聽過那樣的評語。』吉敷說出九條老人的評語後，村上警署的中年署員立刻否認。

『情況剛好相反，據說他是醫科大學的高材生，現在應該已成為醫術高明，為人稱道的優秀醫生了吧。』

『他去了東京哪裡呢？』

『這就不大清楚了。畢竟是十多年前的事了。剛才向村上醫院打聽，那邊好像沒人知道他的行蹤。他本人也沒有去市政廳登記。』

『名字呢？還記得他的名字嗎？』

『嗯，這個嘛……好像是叫TAKUYA或TAMEKICHI吧，我記不太得了。』

吉敷走出警署後，跑到村上車站旁邊的旅館租了個房間，又在櫃檯打了通長途電話給中村。但中村正好不在。吉敷只好留下旅館的電話號碼，並請櫃檯接到找成城警署人員的電話時立刻通知他。

太陽還高掛在天空中，吉敷迅速去澡堂洗了個澡並換上浴衣。這次雖然是長途旅行，但吉敷對於昨晚沒有洗澡一事仍然耿耿於懷。回到房間，吉敷泡了杯粗茶，然後把列車時刻表攤在桌子上。他想調查去青森的列車，但似乎找不到理想的班次，大多數列車到達青森的時間，與聯絡船的開船時間都隔了一大段時間，等到抵達函館時都已入夜了。如果在北海道能得到中村熟人的協助，吉敷希望能在晚上到達札幌。

所以，只能搭乘『日本海三號』特快列車，到達青森的時間正好接得上聯絡船的開船時間，但反而又跟函館開出的列車時間銜接不上了。再說，這班車清晨五點十九分就從村上站發車，得一大早就起床。但沒有更好的選擇，所以只好搭乘這班車了。

傍晚時分中村終於來電了。

『啊，富川那邊剛剛來了電話。』

『有壇上良江的消息嗎？』

『嗯，她還活著。好像是單身，沒有再嫁。她直到最近還一直在醫院做護理員，前陣子因為年紀問題已經退休。』

『是單身嗎……住址還是原來的地方？』

『對，新宅町一三〇七號沒錯。』

『所以她還是回老家了。』

『看來是的。』

『這麼說她私奔是謠言嗎？她知道女兒的死訊嗎？』

『不清楚。下一步你打算怎麼辦？』

『我還是想跑一趟與她見個面。雖然不一定會有重大突破，但或許會有意外收穫。』

『那好吧。起碼在雙胞胎的問題上可以從她那邊得到第一手消息。噢，調查醫生的事進展如何？』

『那是一對父子。父親已經去世，兒子聽說去了東京。因為時間的關係，還沒詳細調查。』

『女主人呢？』

『聽說很早就去世了。』

『那就注意一下兒子的情況吧。』

『嗯。至於九條家雙胞胎中的另一個，看來的確是一出生就夭折了。』

『嗯，只能這麼認為了。』

4

在黎明時分天色尚暗的的月台，吉敷只感到徹骨的寒冷。光是做個深呼吸，喉頭似乎就要結冰；呼一口氣，就變成了水蒸汽，用力吐氣時，那氣體似乎可以直接墜落地面。幸好沒有颳風，月台上等候的旅客才少受了點罪。

從村上站搭乘『日本海三號』的人，除了吉敷，還有一個揹著方形竹簍的中年女性。這矮小婦人有節奏地擺動身體去寒。但不可思議的是，她外露的雙手卻不用呵氣取暖。

『日本海三號』是寢台特急列車，吉敷一上車就鑽進寢台睡覺，但只迷迷糊糊睡了一會兒，醒來時看錶，只睡了不到一小時。此後吉敷睡意全無，便索性起身，跑到車廂的連接處。

抹去車門玻璃上的霧氣看看車外，天已全亮了。時序已進入三月。吉敷想起長岡的文章，在旅途中為了看日出而早起，果然是值得一看的景色。吉敷又想起那幻影般的女人。九條千鶴子在『隼號』從東京車站發車前應該已被謀殺，但是，這女人卻如幻影般地出現在『隼號』列車上。這是六十分之一秒的幻影。如果這女人是雙胞胎中的另一人，倒是有可能參加藍色列車之旅，但同樣的也是幻影。

可惜自己沒有看到——吉敷的腦際反覆閃現這句話。與這件事有關的許多人，都見過生前的九條千鶴子或『隼號』中的幻影，只有自己沒看到。自己見到的千鶴子是被剝了臉皮的千鶴子，所以，只能透過相片一睹千鶴子的全貌。

一切都在夢中——

吉敷想起長岡文章中幻影女所說的話。難道真的是在夢中嗎——

吉敷抬起頭，只見太陽已在日本海上完全升起。忍著耀眼的光輝瞥向太陽，在水平線上竟浮現那女人被剝去的臉皮，這張臉皮逐漸擴大，看起來像個假面具。那究竟是怎麼回事？為什麼要這麼做？

本來，冬季的北上日本海之旅，是遊客的詩意之旅。但對吉敷來說則是疲勞之旅。下車後趕著轉乘聯絡船，然後混在大批人群中踏上函館的街道。此時吉敷真想在函館找個旅館安頓休息。畢竟從前天開始還沒有安穩地睡上一覺。小雪紛飛中他找到了公用電話亭。『我到了函館了。』中村接電話後吉敷說道。

『現在很累吧？』中村帶點嘲弄的口氣問道。

『沒問題，畢竟我還年輕呀。』吉敷逞強說著。

『札幌警署的朋友正好有空，他很樂意幫忙，歡迎你去札幌。』

『是嗎？』吉敷順口說。想到還要忍受長時間的列車搖晃前去札幌，吉敷伸了伸舌頭。

『那個人叫牛越，以前我有沒有跟你提起過這個名字？』

『我沒聽過。』

『是嗎？這傢伙做事一板一眼，我給你他的電話號碼，請馬上跟他聯絡。你的情況我已跟他詳細說明過了。』

撥了中村說的電話號碼，對方馬上接起電話。從電話那頭傳來完全不像刑警，語調非常優閒的聲音。在說話急促而響亮的中村之後聽到這種聲音，印象特別深刻。

『我是東京的吉敷。』聽了吉敷自報姓名，對方也慢吞吞地說出牛越的名字。看來，真是名副其實。

『麻煩您在百忙之中，幫忙我們調查富川的人。』

『哪裡哪裡，這幾天我正好有空。以前中村兄在工作上幫了我們很多忙。噢，你現在在哪裡？』

『剛到函館。』

『馬上就來札幌嗎？』

『嗯，說實話，我現在不知道怎麼辦才好。昨晚沒睡好，覺得有點疲勞。』

『哦……』雙方陷入沉默。如果是中村，立即就會作出反應。但這位牛越先生，似乎很有耐性等待對方開口。

『所以……』正當吉敷開口，牛越也同時說出『不過……』於是兩人又幾乎同時說出『請』的謙讓詞。

『不過，』牛越再次說道，『就算到了札幌，明天去富川恐怕還是要搭列車。今年雖然降雪比往年少，但路上還是有雪，與開車比起來，還是搭列車比較快吧。所以，今晚你不妨住在函館，明天我們在苫小牧站會合。』

這對吉敷來說是求之不得的提議。富川是日高本線中的一站。從函館去富川，先搭室蘭本線，再轉日高本線沿太平洋海岸東行。而札幌方面，必須先搭千歲線南下，與前面的路線會合，然後再轉日高本線。會合地點就是苫小牧站。

『啊，牛越兄，要你陪伴，實在不好意思。』

『沒關係，反正我這幾天有空。富川這地方很大，剛來的人很難認路。』

『有你帶路，那就最好不過了，不過我真是誠惶誠恐呀。』

『別客氣了。明早九點三十分有一班函館出發的「天空五號」特快車，你就坐自由席好了，十二點四十二分會到苫小牧站。我想坐這趟車最不辛苦，沒有其他更適合的班車了。『我從札幌去苫小牧有很多班車可選，你只要在月台上等我就行了。在月台上碰面後，我們去苫小牧一起吃午飯吧。』

『是嗎……太讓我過意不去了。不過剛好也可以相互了解呀。』

『我從中村先生那邊已經知道不少你的事情了。』

接下來，牛越又向吉敷介紹了函館的旅館，然後便掛了電話。吉敷從電話亭出來，一面在小雪紛飛的函館街頭步行，一面想著牛越這個人。別看他優游淡定，說不定是個優秀的刑警呢。

5

吉敷竹史與牛越佐武郎會面那天，是三月二日星期五。當『天空五號』暢順地滑入月台時，吉敷透過窗戶張望，但沒見到對方的蹤影。他下車走上月台，走沒幾步，有人不知在何處叫著他的名字，轉頭一望，只見一名小個子的中年男人站在他的後面。

吉敷不由得放下手提袋跟他打招呼。這是個相貌非常平凡的男人，跟其他北方人一樣臉頰微微發紅。吉敷說一看就知道你是牛越兄了，牛越只是『哦』、『哦』地漫應著。

『辛苦了吧？』兩人並肩而行，牛越說道。

『不，昨晚在旅館一宿，已經完全消除疲勞。昨天我說了些放肆的話，請多多包涵。』

『不，我不覺得有什麼放肆。』

『就是我說想在函館休息的話。』

『啊，列車旅行很容易累，你想在函館休息也是理所當然的。』

『是呀，坐飛機就好啦。但我人在新潟，急著趕來，就只好坐火車了。』

兩人並肩下了電扶梯。車站大廳豪華寬敞，牆壁髹成象牙色，簡直可媲美機場的候機大廳。樓梯附近有大型書店，走過書店，則是餐廳和咖啡館並列的飲食街。

『好宏偉的建築物啊。』吉敷說道。

『第一次到苫小牧嗎？』

『是的，這是第一次。』吉敷對於北海道，只知道札幌及機場一帶而已。

『不過，這地方除了能看到工廠的煙囪，好像沒有其他東西了。啊，這家店怎麼樣？要不然就吃西餐，聽說這裡的西餐做得也不錯。』

牛越停步問道。兩人正站在飲食街和風料理店的布簾前。

『不，這裡就可以了。我最喜歡吃日本料理。』

兩人在最裡面的房間入座，只叫了一瓶啤酒，兩人先為初次見面乾杯。然後在料理送來之前，先閒話家常。吉敷介紹了他與中村共事的情況後，牛越照例用慢吞吞的語調說起食物的話題。

『剛才你說喜歡日本料理，是哪方面的日本料理呢？吉敷君。』

吉敷露出困惑的表情，然後說：『說什麼好呢？我喜歡吃拉麵。』

『哦，這倒是出乎意料的答案，我以為你一定喜歡吃法國菜。看來你的飲食習慣相當平民化哦。』

『哈哈，我本來就是一介平民呀，我連法國菜的名字都搞不清楚。我在東京住的那條街就有很棒的拉麵店。』

『是嗎？北海道也是出產美味拉麵之地喲。』

『是呀，狸小路的拉麵很有魅力。』

『札幌的拉麵也很有名，你喜歡札幌的拉麵嗎？』

『當然喜歡了。』

『我很喜歡札幌這個地方，可是沒有愛上拉麵。』

『這叫不識廬山真面目，只因身在此山中。就算是本地人，也要向人請教哪裡有好吃的拉麵館呢。』

『看來，我得好好學習了。』

牛越說出驚人之語，並掏出警察手冊準備記下拉麵筆記。

『現在記性差了，不做筆記，馬上就忘。』

『啊……』

『那麼，到目前為止你吃過最好的日本的拉麵是？』

『哦，這倒是個棘手問題。因為我只是個領低薪的刑警，不可能跑遍全日本品嘗各地拉麵。不過，即使是鄉下地方，譬如在尾道，也能發現美味的拉麵館。而我生平吃過最美味的拉麵，要算是松本的福克斯拉麵。』

『福克斯拉麵？哦……那是怎樣的拉麵呢？』

『類似札幌的味噌拉麵，用麵做湯料，味道一流。』

『啊，你說得我口水都要流出來了。』關於拉麵的話題終於告一段落。在對方沒有特別提起的情況下，吉敷開始向牛越一五一十地說出自己遇到的不可思議事件，還順道說了特地去越後拜訪死者家屬，以及到現在為止的調查結果。

『原來如此。因為名叫九條千鶴子的被害者生母住在富川，所以你風塵僕僕來到北海道。嗯……真是一件詭異的案件，所以也是中村兄很感興趣的案件了。』

料理送來了。牛越請吉敷用餐，自己也舉起筷子。雙方陷入沉思之中，似乎都在思考這件事。

兩人走出餐館，搭上開往富川，每站都停的慢車後，仍然保持著這種狀態。牛越沉默不語，吉敷則一直眺望著窗外的風景。不過此時吉敷不再思考這件事了。剛進入三月的北海道，積雪比想像中的少，到處可見到未融的殘雪。吉敷他們所坐位置的左側窗外，是一大片搖曳著枯草的原野。草原逶迤連綿到極遠處的森林邊上。除了路燈柱孤零零地豎立著，再也見不到其他的人造物品。

右側是海岸線，沙灘一直向前伸展，劃出柔和的弧線。它與昨日見過的日本海海岸線截然不同。今川與越後寒川一帶的海岸，可以見到奇巖怪石從海中突兀而起，白雪落在黑色的岩肌上畫出斑駁的圖案，給人一種冷峻的印象。但位於更北的北海道海岸線，竟然不見雪花飛舞，春天似乎提前來到，氣溫也不如想像中寒冷。

列車抵達了富川站。這車站與越後寒川以及今川站很像：很小，月台沒有棚頂。離開小屋般的車站，來到車站前，這裡也沒有站前商店街和待客的計程車。與瀕臨日本海的小鎮不同之處在於，這裡的空間相當廣闊。

全無下雪的痕跡。車站旁邊是用簡單柵欄圍住的廣闊空地，雜亂地長著一人高的枯草。柵欄扶手和堆積在空地一隅的鐵軌都生了鏽。建築物的壁板也呈焦褐色，非常陳舊。

站前廣場不算寬闊，但在左方伸延著一條很寬的柏油道路。不過路上沒有車輛。不僅沒有車輛，也沒有人影。午後柔和的陽光照在身上，令人心情舒暢。不過，偶爾吹來的風畢竟還是涼颼颼的。風還颳起未鋪柏油的站前廣場上的塵埃。

吉敷的心頭驀然湧起懷舊情緒。這正是自己兒時最熟悉的風景。小時候，倉敷車站和尾道車站的情景正是如此。如今新幹線通車，鐵路變成高架，地面全鋪了水泥，心想這樣的風景永遠不可能再見了。想不到北海道竟然還看得到。牛越率先向左邊的寬闊馬路走去。『這裡沒有計程車，經過車站的公車也很少，我們去那條馬路搭公車。』

乘上公車，搖晃了約十分鐘後便下車。這裡到處可見用鍍鋅薄鐵皮蓋的簡陋房屋，只有鋁製窗框在太陽照射下閃閃發光。家家戶戶的白色外牆下半部都已被泥土沾污，遠看好像放牧的馬群。

離開柏油車道，牛越慢慢走到像田間小路般的窄路上。不到一會兒，來到既像濕地又像園圃的地方。從它旁邊穿行而過，前面可見到兩、三棟也用淡綠色薄鐵皮蓋的簡陋房子。

『就是這裡！』牛越回頭說道。

門口釘著名牌，但只寫著姓氏壇上，沒有名字。在這種情況下，那怕說謊也要寫上個男人的名字吧。不然的話，就證明她真的是一人獨居。那麼，私奔的傳聞究竟是怎麼回事？牛越一面敲玻璃門一面喊著名字，但沒有回音。牛越隨手推開玻璃門，然後對著微暗的室內喊道：『壇上大嬸，我是打電話給妳的警察呀。』

一位六十歲左右的女人慢吞吞地從裡面出來。吉敷跟著牛越進入土間，約略聞到一股臭味。關上玻璃門後室內光線變暗，吉敷又將玻璃門稍微打開。

不過，這女人的穿著打扮，與一般的家庭主婦比起來，顯得格外整潔。或許是曾在醫院工作的關係吧。看她的容貌，鼻梁挺直，大眼睛，格外引人注目。她還化了妝，給人在東京街上經常看到的長年在娛樂場所工作的老年女人的形象。

『大嬸，這位是從東京特地趕來看妳的刑警先生，他有些事想問妳。』

『我沒有話要說。』女人冷冷地說了一句便別過頭去，一副拒人千里之外的樣子。吉敷想起今川的九條老人。兩人都給人相同的印象。

『大嬸，妳不能這麼說。刑警先生風塵僕僕遠道而來，這樣實在太失禮呀。』牛越溫和地勸告她。

『我真的無可奉告。就算問我問題，我也不會回答。』

『如果是關於妳女兒千鶴子小姐的事呢？』吉敷說道。

良江轉過身，雖然不出聲，但能看到她的圓渾背部明顯產生反應。

『我說的是九條千鶴子小姐，妳認識這個人嗎？』吉敷再一次問道。良江繼續無言，但沒多久就轉過頭盯著吉敷。

『怎麼啦？』她的喉頭輕輕嘀咕了一聲。這是詢問的語氣，看來她還不知道女兒的死訊。

『她死了！』吉敷用稍微粗暴的口氣說道，『是被謀殺的。所以我才來這裡調查。』

良江又慢慢地轉過身去，背向吉敷。從良江的舉止難以判斷她的感情變化。吉敷只能猜測也許她對女兒的死無動於衷。但實際情況並非如此。不一會，良江終於有反應了。『為什麼？』女人問道。

『現在只知道她被謀殺。』吉敷用漫不經心的口吻說道，『不知道她被殺的理由，所以才來調查。』

『她被誰殺了？』她繼續背對吉敷，卻提出吉敷難以回答的問題。如果對她說兇嫌是穿帆布面膠鞋的年輕男子，恐怕意義也不大。

『現在還不清楚。』

良江『哼』地發出輕視刑警的聲音，接著又長嘆了一聲。

『有什麼線索的話，請務必告訴東京來的刑警先生喔。』牛越在旁邊說道。

嘿嘿嘿，從她的鼻孔裡發出嘲笑聲。歷經人世間一切辛酸的女人，在她的腦中似乎只剩下乖僻和偏見了。

良江默默地準備回到屋裡，一旦讓她進去，恐怕就再也不肯出來了。這女人本來就如此無禮嗎？還是受到女兒死亡消息的衝擊而失魂落魄？吉敷不得而知。這時，牛越突然脫鞋，飛一般地上前抓住良江的肩膀。或許，牛越覺得北海道人豈可在東京的刑警面前失禮。

『我看不下去了。』牛越憤怒地說道，『妳實在太不像話啦。這位刑警先生為了妳女兒的事遠道而來。難道妳不恨殺妳女兒的兇手嗎？』

良江口中念念有詞，但聽不清楚她在說什麼。『你們要我說，可是我能說些什麼呢？』

良江這次說得比較清楚了。

『我跟女兒多年沒有見面，真的沒什麼可說的。』

『離開今川的家以後就一直沒有見過面嗎？』

『嗯，是的。』

『妳在東京住過嗎？』

『沒有。』

『有去過東京嗎？』

『也沒有。』

『沒想過跟女兒千鶴子小姐一起住嗎？』

『不特別想。』

『為什麼？』

『為什麼要我說理由呢？』良江的唇邊又露出嘲諷的微笑。

『但是，因為妳被趕出今川的家，她為妳感到不平所以才會離開那個家的，對不對？』

良江無言以對。牛越走到吉敷身邊湊近他的耳朵說道：『聽說這位歐巴桑直至兩、三年前還跟一位歐吉桑在這裡同居，或許是因為這樣，女兒才沒有叫母親去東京同住。』

『啊！是嗎？』吉敷小聲回應道，『是怎樣的男人呢？』

『這個嘛，還沒查清楚。聽說是個酒鬼、無所事事的傢伙。喂，歐巴桑，聽說有個男人曾經在這裡跟妳同居，那是誰，現在在哪裡？做什麼事？』

『哦，有這回事嗎？我都忘啦。』

『唉，真是不可愛。』牛越說道，『我再問妳，妳為什麼嫁到越後的九條家去？』

『透過相親。』

『介紹人是誰？』

『那是很早以前的事，早就忘記啦。』

『為什麼被休？』

『外地來的女人嘛，看不順眼就一休了之啦。』

『是嗎？』牛越說道，『歐巴桑妳是不是做了什麼對不起九條家的事呀？』

『你這話是什麼意思？』良江的語氣強硬起來。

『事情是這樣的。我剛從今川來到這裡，在越後那邊聽到傳聞，說歐巴桑妳和一個年輕男人私奔了。』吉敷說完，良江狠狠地盯著吉敷，問道：『這話是誰說的？』

『誰說的並不重要，重要的是有沒有這回事？』

『你看我會做這種事嗎？』

『是謠言嗎？』

『當然。那是天大的謠言。』

『可是，兩、三年前還在這裡跟妳同居的那個男人，不就是越後時代跟妳私奔的男人嗎？』

良江又露出嘲諷的笑容，說道：『錯。在這裡住過的男人是叫津田修士的木匠，札幌人，跟越後時代毫無關係。』

『從越後回到這裡之後才認識的嗎？』

『是的。』

『在哪裡認識的？』牛越問道。

『醫院。他因為喝醉酒入院。他戒酒以後就跟我住在一起。』

『現在怎麼啦？』

『他走掉了，我不清楚他的事情。』看樣子不像是說謊。

『千鶴子小姐好像是雙胞胎喔？』吉敷改變話題。

良江無言地點頭。

『千鶴子小姐是雙胞胎之一，那麼另一個雙胞胎現在在哪裡？』吉敷虛張聲勢地問道。

良江抬起頭，露出詫異的目光。看樣子不像在做戲。『你說什麼？另一個生下來就死啦。』

『這是真的嗎？』

『當然是真的。這是大家都知道的事呀。』

吉敷陷入迷惑，然後簡單地說明這件案子。『九條千鶴子小姐在今年一月十八日下午三點二十分左右被人謀殺。然而在之後一個半小時從東京發車的特快列車上，直到隔天上午十一點為止，有許多人見到千鶴子小姐。對於這起離奇的案件，只能認為是雙胞胎中的另一人到現在還活著而且配合演出，不然難以解釋。』

『這一定是幽靈。』良江說道。吉敷只能苦笑，心想這歐巴桑倒是一流的挖苦高手。但是看看她的表情，卻又顯得深思熟慮。

『就跟前面的田畠家一樣。那孩子從小就敢想敢做，喜歡鑽牛角尖。她決定要做的事情，就算死了也會去做。』良江喃喃說道。吉敷的話似乎打動了良江的某條心弦，使她大受感動。

『那麼，關於殺害千鶴子小姐的兇手，妳有線索嗎？』牛越在旁邊問道。良江神情恍惚，似乎聽不到牛越的問題。牛越再問一次，她霍地抬頭，大聲說道：『我沒有理由知道呀。因為我完全不清楚那孩子與哪些人交往。』說完後她繼續保持沉默。但沒多久，她就若有所思地補充道：『不過，殺人者會有報應。那孩子一定會報仇。她從小就是這樣的。』

從良江家出來後，兩人又跟附近的人家打聽消息。根據鄰居的說法，與良江同居過一段時間的男人，的確是出身札幌，名叫津田修士的木匠。知道這個人的相貌舉止後，確定此人從未在越後等地生活過。如此看來，良江說她從越後回來之後在醫院認識這個男人的話不是說謊了。

『那個歐巴桑剛才在說什麼呀？』在回程的路上吉敷問道。

『嗯……你指的是什麼？』

『當我提到應該已經被殺死的千鶴子在藍色列車上出現時，她不是說跟前面的田畠家一樣嗎？』

『啊！』

『這是怎麼回事呢？』

『說起來，這地方有點怪。大概是去年吧，我也是聽別人說的，前面的村子發生了一件奇怪的事情。田畠家的孩子因為交通事故而死亡。在這年輕人的葬禮上，照例要拍攝死者的遺照。第一張拍攝的遺照是普通的五分頭，但五分鐘後拍攝的另一張遺照，不知怎麼搞的，死者頭上戴了毛線帽。』

『你說什麼？是同一個死者的遺照嗎？』

『當然啦。兩張照片都是由富川街上的照相館派人拍的，非常專業。事實上，死者並沒有戴毛線帽。』

『這是真的嗎？』

『應該是真的吧。聽說東京的電視臺和報社記者紛紛趕來，當時引起很大的轟動呢。』

『沒有查出原因嗎？』

『不同人有不同的解釋。有人說燈罩正好擋住額頭，所以拍出這樣的照片。又有人說遺照放入相框後因為玻璃反射的關係，等等……眾說紛紜，最終也沒有結論。不過，聽說死去的年輕人生前很喜歡戴毛線帽，於是就出現這樣的傳聞。』

『嗯，牛越君見過這張遺照嗎？』

『實物沒見過，但看過登在雜誌上的照片。』

『看起來像燈罩嗎？』

『不，照片很清晰，死者頭上戴著毛線帽。』

『兩張遺照同時刊登在雜誌上嗎？』

『是的，無帽的遺照和戴毛線帽的遺照。』

毛線帽？毛線？——吉敷思考著。吉敷根本不相信這個傳聞。但是，似乎有什麼東西打動了他的心弦。啊，是毛線。毛線？毛線？吉敷口中反覆唸著這個詞。為什麼毛線和毛線帽特別引起了他的注意呢？

6

搭上列車，與牛越相對而坐之後，吉敷終於知道原因了。原來，是毛線與毛衣的關係呀。乘坐一月十八日『隼號』列車的九條千鶴子穿著一件灰色粗毛衣。很多人都能作證，替她拍攝的照片也證實此事。但是在成城住所的置衣籃中，卻不見灰色毛衣，只有一件粉紅色毛衣。

為什麼會這樣，現在還很難做出解釋。但正如中村所說，灰色短大衣和灰色西褲配粉紅色毛衣似乎不大協調。吉敷對於時裝，雖然不能說毫無頭緒，但對女性時裝也還有基本概念。從彩色照片中看到的九條千鶴子，一副模特兒的派頭，給人非常時髦的印象。

灰色應該屬於流行的顏色吧，穿戴灰色套裝，可以營造素雅的氛圍。但換上粉紅色毛衣，就變得不倫不類了。粉紅色只能說是可愛的顏色吧。牛越問吉敷在想什麼？吉敷把剛才的想法告訴牛越。牛越邊聽邊點頭，但沒有說出自己的看法。

『你怎麼想？』吉敷問道。

『沒有想法。』牛越靦腆地笑著，用手托著後腦說道，『我對女性的打扮毫無發言權呀。』

『嗯。』

『粉紅與灰色的搭配很滑稽嗎？』

『不，這兩種顏色的搭配本身倒不能說是滑稽……』邊說邊覺得要清楚解釋很不容易，吉敷的話語開始含糊起來。

『比較起來，我還有更難理解，更滑稽的事情呢。』

列車很空。靠著車窗相對而坐的兩個刑警身邊都沒有乘客。所以，兩人毫無顧忌地討論這起殺人事件。

『什麼事情？』吉敷往牛越那邊探身過去。

『倒不是什麼大事，我想了解的是，成城跟東京站的距離近嗎？』

『不。』吉敷說完後想了一下。

『不能說很近吧。必須先搭小田急線到新宿，然後再轉中央線去東京車站。』

『噢，是嗎？我對東京的地理不熟。那麼，需要多少時間呢？』

『這個嘛……因為兩班都是快車，中途不停，或許不用花太多時間。我想三、四十分鐘就夠了吧。』

『那麼，從殺人現場的公寓到成城站近嗎？』

『啊，這段距離比想像中要遠一點。步行的話，大概要二十分鐘吧。當然，如果搭計程車的話就很快了。』

『這麼說來，從殺人現場到東京車站需要一個小時吧。但是，那女人被殺的時間是下午三點二十分左右，離「隼號」發車的下午四點四十五分只差一小點二十五分，扣掉去東京站的一小時，就只剩二十五分鐘了。那女人只用二十五分鐘的時間洗澡嗎？』

吉敷暗暗叫苦，無言以對。一開始調查時為什麼沒注意到時間問題呢？經牛越提醒後，突然明白這真是出乎意料的大疏忽。如果是男人的話，二十五分鐘的時間也許足夠：在浴缸裡泡一泡，出來後擦乾身體，穿上衣服，就可以馬上出門。但如果是女人呢？二十五分鐘似乎就不夠了。尤其像千鶴子這樣愛打扮的女人，她不但要洗澡，還要化妝、整理頭髮……離列車發車時間只有一個半小時，她如何能優閒地泡澡呢？唉，真是大疏忽。

『真如你所說的……』吉敷喃喃說道，『我沒注意到時間問題，是個大疏忽。連這麼簡單的事都沒想到，實在慚愧啊。』

『哪裡、哪裡。』牛越誠惶誠恐地搖著手。

『主要是因為我是個動作遲鈍的人，不習慣快速行動，所以會想到時間問題。如果換了我，我一定就不洗澡，直接到車站去了。』吉敷無言以對，但腦子裡激烈思考著。

那到底是怎麼回事呢？難道說這女人沒有進浴室洗澡嗎？她不是在浴室裡遇害而死的

嗎？

吉敷暫時陷入沉思。但腦子一片混亂，理不出頭緒。過了好一會兒才說：『看來，問題應該這樣問：屍體是怎麼進到浴室的？……不用說，穿帆布球鞋的男人在三點二十分左右殺死千鶴子，然後脫掉她的衣服，把屍體丟入浴缸，再放滿水……可是為什麼要這樣……』

『大概是為了方便他剝臉皮，才選擇浴室的吧。』

『對，在浴室裡剝皮有利於沖洗血跡。但是，如果只是為了剝臉皮，就沒有必要脫掉她的衣服呀？為什麼非讓這女人裸體不可呢？』

牛越也陷入沉思。稍後說道：『我剛剛想到一點，可能兇手有必要把她的衣服藏起來吧？又或者是需要這些衣服才把它脫下拿走。你覺得呢？』

『嗯，假設殺人是突發狀況而又需要把衣服藏起來的話。對兇手而言，他當時應該非常緊張，因為不知道什麼時候會有人進來，所以有必要隱藏屍體。而面對裸體，兇手馬上聯想到的地方，多半就是浴室了。』

『說得不錯……對兇手來說，一定有脫衣服的必要……但是，剝臉皮又是為什麼呢？』

『嗯，這個問題我完全沒有答案。』

『那麼，兇手拿走或藏起女人衣服的原因又是什麼？』

『這個嘛，譬如說衣服上沾了血。』

『不，我不這麼認為。因為浴缸裡也都是血啊。』

『但是，兇手的血液或體液有可能沾在女人的衣服上呀。』

『這倒也是，可能是衣服沾上了兇手的血液或體液……但是不對呀，要說沾上兇手的東西，那不只是毛衣，也有可能沾到褲子上啊？這究竟是怎麼……不，請等一等，我現在腦子很亂。對，兇手不是想拿走衣服，只是把衣服脫掉而已。』

『哦？兇手不想把衣服帶走嗎？』

『是呀，不是帶走，而是脫下……但我們目前完全不知道他這麼做的理由，只能等一下再繼續思考了。』

吉敷吐了一大口氣，雙手按著額頭。他知道自己相當疲勞，腦子已無法繼續思考。兩人暫時保持沉默。

『不論如何，能見到牛越兄，對我來說真是太幸運了。』不久後吉敷抬起頭，誠懇地說，『你的看法帶給我很大的啟發，讓我待會再慢慢思考。』

『哈哈，能讓東京警視廳一課的人這麼說，真是我的莫大光榮啊。』牛越笑道。

『另外還有一個謎，就是有人在藍色列車上替已經死亡的女人拍了照。不知你有什麼看法？對這個問題我完全束手無策，找不到任何解決問題的切入點。

『起初我以為一定有第二個九條千鶴子，為了尋找她，才做了這趟長途旅行，但最後一無所獲。看來，世界上根本不存在酷似九條千鶴子的女人。我是完全死心了。這麼一來，這問題就成了我們能力範圍之外的非常識問題了。也就是看起來像你剛才所說的富川田畠家的毛線帽之類的怪談了。』

『嗯，也許是吧。世界上似乎真的有我們還不知道的怪異事情。關於這件案子，坦白說，我也完全沒有頭緒。實在太離奇了。』

『還有其他的提示嗎？我覺得案子的關鍵就在這裡，只要破解這個謎題，就可以一舉破案了。』

『也許吧。我也這麼想。』

『那麼牛越兄你……』

『嗯，提示說不上。不過今天早上聽你講這個案子的時候，我突然想到另一個案子。』

『哦！什麼事？』

『那是很久以前的事了，叫做三河島事件。』

『三河島事件？』

『是的。當時吉敷君還年輕，可能不知道這個案子吧？』

『不，這個名字我有聽過，好像是列車翻車事故吧，但我不知道詳細情形。』

『對，那是列車連續衝撞事件，發生在昭和三十七年（西元一九六二年）。當然，這個案子也許跟這次的事件一點關係也沒有。你就當作聽故事好了。』

『嗯。』

『那是怎麼樣的事故呢？簡單來說是這樣的：常磐線的列車出軌翻車，正好撞到了下行列車，這樣就已經夠慘了，誰知道緊接而來的上行列車也撞了上來，結果造成極慘重的撞車事故。』

『哦！』

『這起事故的問題出在受出軌列車牽連的第一班下行列車司機身上。出事後他心無旁騖地拯救負傷乘客，結果忘了立刻通知緊接而來的上行列車司機停車，才造成第二次撞車事故。所以法官判這名司機有罪。』

『原來如此。』

『但是，最近有學者就這位下行列車司機的心理狀態說了些有趣的話。我因為對這件事有興趣，所以讀了不少相關書籍。有一位叫三輪的腦神經外科醫生提出所謂「自動人」的理論。』

『哦？』

『也就是說，法官判司機有罪的理由之一，是司機從出事後直到進了醫院霍然醒悟這段期間，雖然實際參與了救助傷患的行動，但他卻說完全記不得這段期間發生的事情。換句話說，他無法說明在這段期間自己採取行動的理由以及職務上的使命感。所以得不到法官的信任。但最近，卻出現了認為這種現象可能存在的理論，就是所謂的「自動人」理論。我從你的話裡聯想到三河島事件的司機，所以想把這個理論告訴你。』

『請繼續。』

『這個理論是以足球選手為例。三河島事件中的司機現在還活著，但在足球界，就發生過好幾次球員在比賽中頭部受嚴重撞擊後繼續下場比賽，結果在比賽結束同時倒地死亡。事實上，在這些案例中，大部分選手在頭部受到撞擊時就已經死亡了。』

聽牛越講到這裡，吉敷感到不寒而慄。

『雖然已經死亡，但對選手來說，踢足球是身體熟悉的行為，所以能在無意識的狀態下繼續踢球。這樣的狀態可以稱之為「自動人」狀態。三河島事件中該名司機的情況，就類似這種情形。』

『嗯』了一聲後，吉敷陷入沉思。過了好一會兒，才抬頭說道：『那麼，現在這個案子裡，九條千鶴子也變成了「自動人」囉……』

『不、不，不是這樣。她被人用刀刺死後，如果變成自動人去搭藍色列車的話，就會有胸口插著刀的問題。就算她上車進了單人寢台，那隔天清晨，也就是十九日早上，她的屍體就應該被人發現了，絕不可能在早上醒來後還能在中午前在熊本站下車。所以正如剛才所說的，我說出三河島事件和自動人理論，只是讓你聽聽故事而已。』

『不、不。這讓我大長見識，獲益匪淺呀。』吉敷一面說著，一邊思考。

看來，情況確實不同。最大的問題是：十九日清晨，安田常男目睹了女人的屍體，『自動人』理論就無法解釋這點。總之，若沒有第二個那女人的身體，就不能解釋藍色列車上的奇蹟。牛越所舉的例子，不過是說明人在強烈意志的驅動下，死亡之後或許還能動作罷了。

但是，這次長途旅行所得到的結論是：這女人的身體只有一個。任何地方都找不到另一個九條千鶴子。六十分之一秒的幻影女子，最後還是以夢幻收場。

在苫小牧站下車後，可以轉搭去札幌的千歲線。不用說，牛越自是力邀吉敷去札幌，提議他在札幌過一夜。吉敷覺得有些為難。因為明天是星期六，不是星期天，吉敷不想白白浪費一天時間。再說在北海道已沒有其他事要做，最好盡快趕回東京，他明天還想去找九條淳子。

看看手錶，現在才七點半剛過，吉敷約略知道這班往札幌的列車會經過千歲機場。『這班車會經過千歲機場吧？』吉敷說道。和前一班車不同的是，這班車比較擁擠。

『如果趕得上飛機的話，我想今晚就回去，我在東京還有工作沒做完。』

牛越說是嗎？又說雖然遺憾，但也不想妨礙吉敷的工作。隨著列車進入內陸，雪景又回來了。太陽已沉落的窗外，是連綿不絕的雪原，枝頭披雪的枯樹迅速向車後飛掠。

昏暗雪原上的披雪枯樹，在列車窗戶內燈光的照射下，看起來就像佇立在雪原上的稻草人。吉敷覺得這是索然無味的心靈風景。或許這也是吉敷本人的心境反映。

從苫小牧站很快就到了千歲機場站，兩人走下嶄新的月台，搭乘電扶梯，走上與機場相連的長廊。機場車站就是要這麼豪華，像新幹線的車站一樣。因為淡季的關係，吉敷順利地買到機票。然後兩人在機場餐廳用餐。離登機還有一點時間，兩人便在寬敞的候機大廳長椅上坐下聊天。

這個機場的候機大廳別具一格，像個大型劇場。在廣闊的空間裡，許多長椅以同一個方向排列。相當於舞台簾幕的前方，嵌著直到天花板的大落地窗。巨型噴射機的機鼻就在玻璃窗前，一副咄咄逼人的架式。兩人一面眺望機場風景一面聊天。牛越請吉敷代他向中村兄問好。吉敷說這是一定會的。

吉敷還想說點什麼，但牛越說登機時間已到，於是兩人握手告別。

7

第二天是三月三日星期六，回到東京的吉敷向主任簡報了調查情況後，便匆匆去東急東橫線的都立大學找九條淳子。由於吉敷想盡快見到淳子，甚至還來不及去見中村。這天東京的天氣甚佳。進入三月份，東京的氣候迅速轉暖，讓人難以相信幾天前自己還在鋪滿白雪的街頭奔波。

吉敷很快就找到越後九條家告訴他的九條淳子所租的公寓，公寓距離車站大約步行十分鐘左右。但淳子不在，可能正好出去了。為了慎重起見，吉敷跟公寓管理員打聽，管理員說她搬家了。問管理員知不知道她搬到哪裡？管理員穿著木屐走出玄關，為吉敷指點方向，說搬到前面那棟大廈去了。管理員所指的大廈，離這裡不過一百公尺。問她是什麼時候搬的？

管理員說大概是上個星期。

吉敷來到這棟大廈，門前有廣闊的玄關，並設有電梯，是一棟八層樓的漂亮建築。淳子的房間在六樓，吉敷踏出電梯後往左轉，只見一條長長的走廊，兩側都是房門。吉敷突然找不到方向，只覺得這是棟很大的屋子，女大學生獨居在此，似乎有點奢侈。不久後找到寫著九條名牌的房門，吉敷按下門邊的電鈴。

『誰呀？』電鈴上方的揚聲器發出好像是淳子的女性聲音。

『請妳看看這個。』吉敷邊看著白色房門中央黑痣般的窺視孔邊說著。一面把警察手冊遞上去。

『我不看……』女人用懷疑的聲調說。

『我是警察，想來打聽一下關於九條千鶴子的事。』吉敷一這麼自我介紹，淳子似乎緊張得說不出話來了。通過揚聲器，非常微妙地傳達出她的不知所措。

花了不少時間才打開門鎖，也許她在收拾房間吧。但即使開了房門，她也無意讓吉敷走進房間，兩人就在門口交談。吉敷非常重視對她的第一印象。雖然在九條家看過照片，已經知道她的相貌與姐姐不同，但對於第一次見面還是抱著渺茫的期待。

可是，實際上看到的淳子相貌，就跟照片上一樣，站在吉敷面前的，是與千鶴子長相完全不同的女孩。

她生於昭和三十八年（西元一九六三年），現在才二十歲。這樣的年齡，讓她臉上還留著未脫的稚氣。她看起來並不醜，甚至可以說別有魅力。但客觀來說，與千鶴子相比，在姿色上還是差了一截。但是，兩人的差別在哪兒呢？吉敷一時也說不上來。跟千鶴子一樣，淳子的個子也相當高，髮型也很像，鼻梁也很挺，不特別胖，也不特別瘦。但從整體相貌上來看，則令人懷疑兩人是否真有血緣關係，因為長相完全不像。當然，臉上也沒有黑痣。

『我是警視廳搜查一課的吉敷，關於九條千鶴子小姐不幸死亡的事，妳知道嗎？』吉敷一面控制失望的情緒一面問道。

『嗯，我是從家裡知道這個消息。』淳子的聲音，語尾有輕微的顫抖。口音中且有輕微的鄉音。

『知道這個消息，一定非常震驚吧？』

『是的。不過……我跟姐姐完全沒有來往。』淳子說道。

『哦，是嗎？同在東京，但兩人不見面嗎？』

『嗯……』

『一次都沒見過嗎？』

『是的。』

『是不是因為千鶴子小姐離家出走的關係？』

『嗯，不……爸爸倒是要我去看看她，但我怕她不給我好臉色看。另一方面，她畢竟在銀座工作，我怕被她影響。』

『妳知道她在銀座做事嗎？』

『嗯，大概知道。』

『妳想過要跟她見面嗎？』

『不，不特別想。』

『兩人從什麼時候開始不再見面的？』

『我上小學之前，大概六歲左右開始吧。』

『妳差不多忘了妳姐姐的樣子了吧？』

『她也一樣吧。』

『那兩人不就形同陌路？』

『嗯，可以這麼說吧。』

『原來如此。那麼妳也不知道怨恨妳姐姐的人了？』

『完全不清楚，因為我在東京從沒見過姐姐。』

看來，東京的妹妹與北海道的生母一樣，對調查千鶴子的謀殺案起不了任何作用。

『以下是例行性的問題，請別見怪。一月十八日下午，妳在做什麼？』

『一月十八日是星期幾？』

『星期三。』

『我在學校。』

『有證明嗎？』

『有呀，朋友或老師。』

『那麼請告訴我這些人的名字。』

吉敷一面把名字記在手冊上，一邊環視屋內。室內收拾得出乎意料的整潔，是六蓆房加四蓆半房再加廚房的二ＤＫ單位。如果用租的，房租再便宜每個月也得七萬日圓左右吧。不過吉敷沒問她怎麼解決房租的問題。

『妳讀的是短期大學嗎？』

『不，是四年制大學。』

『主修哪一科？』

『經濟。』

吉敷問了這些之後就鳴金收兵了。回到成城警署，在吃午飯的餐廳裡，吉敷打電話給淳子所說的同學和教授，確定了十八日下午淳子的不在現場證明。這天她參加了一個討論會，然後跟朋友一起去澀谷喝酒直至深夜。也就是說，從中午前到午夜零時，她一直和朋友在一起。

一回到辦公室，就有大事等著他。中村一看他走進來，立刻大聲喊他的名字。

『阿竹，找到那個嫌犯了！就是從成城公寓逃走的那個穿帆布球鞋的年輕人。』

『找到了嗎？在什麼地方？』

『好像在歌舞伎町吧。巡警調查其他案件時發現了很像通緝拼圖的這個男人，他好像也直認不諱。』

『他自首了嗎？』

『這還不清楚。不過就快送到這裡來了。我們的小山刑警……』

話說到這裡戛然而止。因為小山已經站在吉敷背後了。

『請——』小山說道。中村起身，三人走出辦公室。

審訊室裡坐著一個穿皮衣的男人，梳著油頭，穿牛仔褲，今天也穿著帆布球鞋。不過在年齡方面，看起來似乎是三十歲左右。

『他是幹什麼的？』進屋前吉敷輕聲問道。

『賣興奮劑。』小山也輕聲回答。然後推門入內。

小山隔著桌子和那男人相對而坐。吉敷靠在男人斜對面的牆邊。中村站在男人的背後。

小山將九條千鶴子的照片猛地放在男人眼前。『認識這個女人嗎？』

面對突如其來的審訊，年輕男子迅速向上瞄了一眼又低下頭。默不作聲。

『喂，佐佐木，不要浪費時間。』小山喝道。這男人看來姓佐佐木。

『住在成城公寓裡的家庭主婦有看過你，證據確鑿啊。』

年輕男子瞇起眼睛。左眼下方有傷疤，不過是舊傷。

『一月十八日下午三點左右，你去過九條千鶴子的房間了吧？』

男人似乎死了心，他點點頭。

『好！老實交代就可以盡快結束。下一個問題是你為什麼事情去她的房間？』

男人默不作答。

『快說！去她房間幹什麼？』小山曾是某個體育大學的柔道社成員，剪五分頭、身高超過一百八十公分、體重九十公斤。『喂，還不快說！』小山用力敲著桌子。佐佐木賭氣似地緊閉嘴唇，坐在椅子上動也不動。

『那天下午三點十分左右，有人聽到你在房裡跟女人大聲爭吵，亂成一團；後來擺在酒櫃上的大理石座鐘掉到地板上了。對嗎？』旁邊的吉敷突然說道。男人突然神色驚慌。

『沒錯吧？』吉敷再次追問。男人慢慢點了第二次頭。

『那麼，你們在吵什麼呢？』對於這個問題，男人再度沉默不語。

『喂，你明白自己的處境嗎？』小山斜著身體，大聲說道，『你做了這種事情，闖下彌天大禍啦！你不知道自己的處境嗎？』小山說完，用手拍拍自己的後腦勺，然後伸出手拍拍佐佐木的肩膀。

『快說，是不是去勒索千鶴子小姐？』

吉敷感覺佐佐木的心裡正在掙扎，但還不足以讓他說出真相。

『你在什麼地方認識九條千鶴子的？』吉敷問道。

『很久之前，我替原宿的M模特兒公司物色新人的時候認識她的。』男人終於開始認真說話了。

『那麼，是你帶她進M模特兒公司的了？』

佐佐木點頭。

『從此以後就開始來往了？』

『也沒有經常來往。』

『跟她上過床嗎？』小山問道。

『這倒沒有。』佐佐木答道。

『你是何時離開M模特兒公司的？』

『那是很久以前的事了，我不記得詳細時間了，反正我在M模特兒公司的時間不到一年。』

『可是你始終纏住千鶴子不放吧？』

『沒有那回事。』

『那你怎麼知道她的房間呢？』

『最近我知道她在銀馬車夜總會做小姐，因為好奇，在跟蹤她之後才知道她的地址。我認識銀座的黑服。』

『黑服？黑服是什麼東西？』

『不同夜總會之間爭奪小姐時的調停人。』

『哦。』

『哼，其實目標還不是針對男人？只要查到小姐背後的男人，有時候男方為了避免曝光，就會付封口費。』

『我不做那種事。』

『那你在幹什麼？』

佐佐木露出為難的神色，說道：『調查她妹妹的事情。』

『妹妹？』

『是呀。』

『你是說九條淳子？』

『對。』

『她怎麼啦？』

『淳子最近開始吸食興奮劑，那可不得了哇，我想把這件事告訴千鶴子。』

吉敷想到剛見過面的淳子。這倒是意外的收穫。

『這是真的嗎？』

『當然是真的。』

『我不相信。』

『一定是你把千鶴子的妹妹帶上歪路的吧？』

『呸！』

『你很了解淳子嘛，是怎麼打聽到的呢？』

『哼，我自有門路。』

『別吹牛！』

『姐妹倆經常碰面嗎？』

『是姐妹嘛，當然經常見面啦。』

看來，佐佐木對她們家中的事並不知情。但是，若佐佐木所言屬實，就表示淳子對吉敷說的是謊話了。

『九條淳子身邊有男人嗎？』

『好像有，應該是她的金主吧。淳子的手頭似乎很闊綽。』

吉敷想起都立大學的豪華公寓大廈。

『你一定是用妹妹的事情向九條千鶴子勒索金錢吧？』

『冤枉啊！我是抱著同情心告訴她這件事的。』

『別說謊！』

『但是千鶴子不給你錢，而且她也跟我們剛才說的一樣，責備你把淳子引上歪路。於是兩個人就開始爭吵。怎麼樣？我說的有錯嗎？』吉敷說道。吉敷深信自己的揣測八九不離十。

佐佐木臉上浮起淺笑，然後訕訕說道：『差不多就是這麼回事吧。』

『厚顏無恥，真是混蛋！』小山拍桌怒吼道，『你因為勒索未遂，竟把九條千鶴子給殺了。』

聽小山這麼一說，佐佐木的臉色驟變，頭像彈簧般突然抬起。

『你說什麼?!』佐佐木大叫著說道，『那女人，九條千鶴子死了嗎?!』佐佐木變得呆若木雞，愣愣地看著小山，又轉頭看看吉敷。

『事到如今，你還要演戲嗎？』小山厲聲說道，『也不用腦子想一想，我們三個人為什麼會在這裡？為什麼要這麼認真地審問你？』

『那女人真的死了嗎？』佐佐木再度問道。他目不轉睛地盯著吉敷，吉敷也回望佐佐木。吉敷這麼做，當然有他的理由。

『好啦好啦。裝瘋賣傻是行不通的。』小山說道。但吉敷不這麼認為。吉敷認為佐佐木的驚訝不是裝出來的。

『剛才給你的海報看到了吧，這是通緝你的海報。你以為這海報是說著玩的嗎？這不是宣傳防治齲齒日的海報喲。』

『我沒想過她會被人謀殺，也不知道她已經死了。我從來不看報的。』

『那天以後你沒再去過成城那棟公寓大樓嗎？』

『沒去過。我打過電話，但沒有人接。』

『十八日下午三點左右你跑到成城的公寓大樓時，那女人在房裡做什麼？』

『她說要去旅行。』

『她穿什麼衣服？』

『衣服？快兩個月前的事，早就不記得了。』
吉敷拿出小出老人在列車上拍攝的千鶴子照片給佐佐木看。『是這副打扮嗎？』
佐佐木只看了一眼便立刻回答：『對，是這副打扮。』
『你離開的時候，是不是去了浴室？』
『去浴室？沒有啊。』
『你說謊！那你為什麼匆忙逃出她的房間？』
『沒有什麼好大驚小怪的，』佐佐木微笑著說道，『離開那女人的房間，只是因為我心情不好而已。』

8

『是不是搞錯了？這人看起來不像嫌疑犯。』在另一個房間裡，中村說道。
『我也這麼想。』吉敷說道。
『實在很難相信，這樣一個年輕無賴，不但敢殺人，還脫掉死者衣服，搬到浴室裡面，然後剝下臉皮。這沒有道理呀。』
『這裡面有個時間上的問題。昨天在北海道跟牛越兄碰面時，他指出我們疏忽的地方。』吉敷說出牛越的推論後，表示在離藍色列車發車前一個半小時的情況下，對一個時髦女性來說，很難想像她還能在成城公寓裡優閒地洗澡。

『啊，的確如此，說得不錯呀。』中村也有同感。

『在考慮時間問題時也許我們把自己代入案件中去了。事實上被害者是女人，洗完澡後一定還要化妝的呀。』

『還要整理頭髮。』

『對，正是如此。』

『那女人與佐佐木發生口角和爭執是三點十分吧，然後到三點二十七、八分左右佐佐木匆匆離開這房間，這期間大概有十七、八分鐘。可惜我們無法在現場做實驗。但在十七、八分鐘裡，殺死女人、脫掉她的衣服、把屍體搬進浴室放到浴缸裡、一面放水一面剝臉皮，雖然時間相當緊迫，但也不是絕對不可能吧。』

『嗯，船田也說有行事匆促的跡象。』

『這麼說來，從時間上來考慮，殺人剝臉皮是做得到的。但假如佐佐木沒有做這些事，那女人在佐佐木離開後進浴室洗澡，然後按預定時間去東京車站搭乘藍色列車，在時間上反而會來不及。』

『是呀。』中村嘆息著說道，『在這點上我們疏忽了。』

『這裡面還有其他的矛盾，不，說是盲點更合適。的確，殺人、脫去衣服、剝下臉皮這些動作在十七、八分鐘內做完是有可能的，但這個兇手只能是佐佐木而不可能是其他人——

這是我們想當然耳的推論。

『但實際上兇手並不是這傢伙，且由於時間問題使我們知道那女人並沒有進浴室。如果這樣的話，情況會怎麼樣？也就是說，佐佐木離開千鶴子房間的三點二十七、八分那一刻，千鶴子還活著，而且穿著和照片上一樣的衣服。這表示她穿著整齊的服裝準備去旅行。』

『你的意思是，佐佐木離開房間之後，那女人就馬上去東京車站了？』

『對。因為這時候離「隼號」的發車時間只剩一小時十七、八分鐘了，時間已經非常緊迫。假如還有佐佐木之外的人上門的話，就非得碰上佐佐木不可。因為要是遲來一步，那女人就出門了。』

『是呀。』

『要不然，就是佐佐木來的時候，已經有人躲在那女人的屋裡了。』

『但根據佐佐木所說的，從屋裡的氣氛來看，應該只有他和那女人兩個人在房裡。』

『是呀。』

『所以，我們是不是應該從根本上重新考慮？但是，假如兇手不是佐佐木的話，又會是誰呢？對我們來說，把佐佐木視為兇手似乎是理所當然的。一旦把他排除，問題就變得更複雜了。目前為止登場的關係人當中，似乎沒有任何人是嫌犯。那麼，難道兇手會是我們完全不知道的人嗎？』

『不，我倒不這麼想。我越調查，越覺得九條千鶴子是個孤獨的女人。她非常孤獨，人際關係也很差。

『加上這次她被謀殺，房間裡的金錢等貴重物品沒有損失，由此可見不是碰巧路過的盜竊殺人案件。那麼，兇手就只能在與她有來往的人中尋找。好在她的人際關係簡單，或許兇手就在已經浮上水面的八個關係人當中。』

『這八個人，你指的是誰？』

『染谷、高館、北岡，再把範圍擴大還有小出夫婦、長岡、妹妹淳子，以及公寓附近的安田先生。』

『安田就是那個變態色情狂吧？跟他有關係嗎？』

『基本上應該沒有關係，他和千鶴子在生活中分屬完全不同領域的人。』

『那麼小出夫婦和長岡也一樣吧。』

『是的。所以首先可以將這四人排除。』

『銀馬車夜總會那邊呢？』

『我已經拜託今村君做了徹底調查，但找不到嫌疑人。』

『這麼說來，嫌疑最大的就是染谷、高館、北岡這三個男人再加上淳子了？』

『是的。這三個男人曾經與千鶴子有過關係，不過現在完全沒再交往了。而且，斷絕交往都是很早以前的事。再說這三個都是有地位的人，如果要殺害千鶴子，不會不顧慮到可能危及自己的地位。所以目前是不是還有跟千鶴子糾纏不清以致產生殺意的人？我和今村君盡了最大努力調查、挖掘，但始終找不到這方面的事實。』

『這三人跟那女人都發生過性關係吧？』

『不，只有染谷和北岡與她發生過性關係。高館曾經追過她，但好像沒有成功。』

『那麼，跟前兩人發生性關係的時間是不同時期嗎？』

『與北岡發生關係的正確時間不太清楚，不過千鶴子從昭和四十九年（西元一九七四年）到昭和五十四年（西元一九七九年）間擔任田園交通公司的社長秘書，大致上可以認為兩人的性關係從昭和四十九年延續至五十四年吧。』

『原來如此。』

『從昭和五十四年開始，千鶴子轉到銀馬車夜總會直至現在。根據夜總會的其他小姐推測，千鶴子到銀馬車後與染谷的關係大概只維持了昭和五十五年一年，最多不過延續到昭和五十六年的年頭而已。』

『之後就完全斷絕關係了嗎？』

『是的，完全斷絕往來，至今已有三年了。在這段期間，雙方沒有發生任何問題。』

『是嗎？』

『剩下的還有淳子，我總覺得這女孩有點邪氣。』

『可是這女孩在一月十八日那天，從中午之前到深夜一直跟朋友和大學老師在一起呀。』

『但是，死亡推定時間的範圍可以延續到十九日早上五點吧。』

『你覺得是她殺了姐姐，而且把姐姐的臉皮剝下來嗎？』

『嗯，才二十歲的小女孩，不大可能是殺人兇手吧。』

『是呀。我想這四個人當中，最奇怪的是染谷。』

『你是說那個醫生嗎？』

『對。如果是醫生的話，剝臉皮就是件輕而易舉的事了。聽船田君說，就算只是醫科大學生，也能在一小段時間內從容地把臉皮剝下來。』

『嗯。』

『雖然沒有確實證據，也不清楚動機，但從明天開始，我會把染谷辰郎當作主要調查目標，除此之外沒有更好的方法了。』

『如果是醫生的話，剝下來的臉皮有什麼用途呢？』

『這就不清楚了。這案子有兩大謎題：第一是兇手不明，第二是藍色列車上的幽靈。

『我剛剛做的長途旅行，可以說是尋找另一名千鶴子之旅，但一無所獲。看來，這世界上並沒有另一個長相酷似千鶴子的女人。』

『嗯，只能這麼認為了。』

『總之，這案子的關鍵在於藍色列車上那六十分之一秒的障礙。只要能破解這個詭計，一切問題都能迎刃而解。』

『我也有同感。』

第四章 二度殺人

1

吉敷睜開眼睛。周圍一片漆黑。我在做什麼呢？他想。但除了黑暗，什麼也看不到。不斷聽到刺激神經的噪音，斷斷續續地，益增他的不快感。那是鬧鐘聲吧。伸出手，觸到冰冷的機械。但聲音繼續在頭部附近亂響，沒有停下來的跡象。勉強仰起上身。這裡是吉敷的房間。開始清醒的吉敷終於明白，正在鳴響的不是鬧鐘，而是電話鈴聲。

拿起話筒。從嘴裡發出的『喂』聲彷彿不是自己的聲音。

『是吉敷君嗎？』傳來處於完全活動狀態中的人的訊問聲。

『是呀，你是哪位？』難掩不快的聲調。打開床頭燈，電子鐘的數字顯示為兩點零一分，那是睡眠最沉的午夜時分呀。

『打擾你的休息時間了，實在不好意思。但我想盡早向你報告比較好。我是成城警署的今村。』可能在室外，今村的聲音很洪亮。

『啊，失禮了。什麼事？』吉敷在床上坐直。

『嗨，事態緊急哦！』今村大聲說道，聲音在聽筒中隆隆作響。

『此刻，我在東急東橫線的多麻川園站的車站前，這裡是田園調布的下一站。在多摩川河邊，那個與成城女死者有關係的染谷辰郎……』吉敷的睡意霍地消失了，不知不覺間將聽筒緊緊握住。緊接著傳來的今村的話語，令吉敷在剎那間懷疑自己的耳朵是不是出問題了。

『他被人殺死了。屍體剛剛在河灘被發現的。我在中原街道丸子橋那邊，也就是大田區一側的第一個派出所等你。喂喂？喂喂？』真是令人難以置信的事情！說到染谷辰郎，的確是嫌疑者中最奇怪的人物。吉敷本來計畫從今天開始好好盯住他。哪想得到在吉敷採取行動之前，他會突然被殺！如此看來，兇手另有其人了？那麼兇手到底是誰？隱身在何處呢？

吉敷抵達時，今村站在派出所門口，彎著腰，擺動著身子。從河面吹來微風。派出所的時鐘指著三點剛過。

『啊！太辛苦你啦。』今村說道。他的鼻頭通紅。兩人並肩往黑壓壓的河灘走去。

『剛死沒多久吧？』吉敷問道。染谷辰郎若是昨天白天被殺，屍體沒有理由不被發現。所以，犯行多半在太陽下山以後發生，如果這樣的話，距離死亡時間就不會太久。

『嗯，死後大約過了一、兩小時吧。』

兩人大步前進，不久後走下河灘，在黑暗中隱約可見人群的背影，其中好像也有船田的背影。這裡離丸子橋已有相當遠的距離。

『怎麼會發現染谷辰郎的屍體呢！』吉敷問道。周圍一片漆黑，離天亮還有不少時間。

『這一帶，晚上經常有人來慢跑，染谷也是其中之一。向派出所報告的人就是慢跑者，問他死者是誰？他說很像染谷辰郎。染谷也屬於夜間活動型人士，聽說死時還穿著運動裝。』

今村擠開人群進入現場，他揭開蓋在死者身上的罩布一角，死者仰面躺著，著深色服裝，但看不清楚是紫色或深藍或黑色。攝影工作似乎已經結束，看不到閃光燈發光。

『可以移走嗎？』有人問吉敷。

『稍等一會兒。』吉敷蹲下來，將罩布全部揭開。今村在旁邊打開手電筒，交給吉敷。

『死因又是刀傷？』吉敷不由自主地嘀咕著。在運動衫的胸部一帶，固結了一大攤黏糊糊的血跡，在血跡中央露出了刀柄，刀尖深深插入體內。身上其他部位沒發現傷痕。

吉敷說出刀傷，不用說是聯想到九條千鶴子的屍體。顯然，兩者的作案手段相同。

『刀尖或許已達心臟。如果是這樣的話，兇手身上可能也會沾上血跡。』不知從哪裡傳來船田的聲音。

『距離死亡只有一、兩小時嗎？』吉敷向著發聲的黑暗處問道。

『嗯，現在的看法就是如此。稍後再做詳細研判。』

『為什麼鞋子與運動褲的膝蓋部位都是濕濕的？』

『那是水，河水。死者或許是在這一帶與人發生爭執。』

但死者現在所處位置距離水邊有一大段距離。

『能夠刺殺如此魁梧的男人，對方應該也是孔武有力的男人吧？』

今村說道。吉敷抬起頭，北岡一幸的身影突然浮現在眼前。

『還有其他部位受傷嗎？』吉敷問船田。

『沒有。傷口只有左胸一處。看來，兇手非常熟悉心臟的位置。』

『是呀。』吉敷放下罩布，站起身來。

『怎麼樣？與成城那女人的關聯性如何？』今村湊近吉敷身邊問道。在黑暗中，今村的小眼睛密切觀察著吉敷。

『看來是有關聯。兩人本來就有關係嘛，何況作案方式也相同。姑且不論兇手是否是同一人，起碼兩案有關聯是無庸置疑的。』吉敷說出自己的見解後往旁邊走開。

『我也這麼想。』今村邊說邊跟在吉敷後面，突然用手親暱地碰了碰吉敷的背部。『要看看這東西嗎？』今村從上衣口袋中拿出一張紙片。

『這是？』吉敷拿著紙片，迎著微弱的光線注視著。這好像是張車票。今村再度打開手電筒，照亮吉敷的手部，並朗聲說道：『「隼號」的車票。是一月十八日的「隼號」單人寢台車票。』吉敷大為震驚，在黑暗中張著嘴出神，過了好一會兒才說：『哪裡？車票在哪裡發現的？』

『被害者的袋子裡。車票放在被害者運動裝的腹袋中。』

吉敷再次張口結舌，腦中一片混亂。他默默地踏著草地往河堤方向走去。

這究竟是怎麼回事?!從一開始到成城殺人現場時開始，吉敷就非常留意車票的問題。但在那女人為旅行準備的手提袋中，找不到車票。但事隔一個多月後，卻在染谷辰郎的運動服裝口袋中出現，真是怪事！很難想像染谷身上藏著車票去慢跑。那麼更大的可能就是兇手持有這張車票。當兇手殺死染谷後，不知為何，把用過的藍色列車的車票塞進染谷的運動裝裡。如果染谷已經死亡一至兩小時的話，就表示染谷在四日凌晨一點至二點這段時間內被殺。兇手會不會埋伏在河堤，等著染谷跑到這裡？所以，染谷每天的慢跑路線是固定的嗎？

『天亮後去見見死者的太太吧？』吉敷說道。

『不，聽說染谷夫人知道丈夫的死訊後昏過去了，現已送往雪谷的柳原醫院。兒子也陪母親去醫院了。』這麼說來，不能馬上詢問了。假設兇手不是因為知道染谷的慢跑路線而在河堤上埋伏的話，那麼兇手有可能是與染谷約在多摩川河邊見面吧。但是，車票是怎麼回事呢？不，正確的問法是兇手為何帶著『隼號』車票在身上呢？這裡面有什麼奧妙嗎？現在無法回答這個問題。顯然，這問題是破案的關鍵。再說，那個穿帆布球鞋的年輕人佐佐木目前還在拘留中。這點也很重要，證明了這傢伙與謀殺案無關。他充其量只是個配角而已。爬上河堤，吉敷看到鑑識部的車子旁邊，正準備上車的船田向他招手致意。吉敷趕緊舉手回禮。

『星期天不是好日子喔！』吉敷大聲說道。

『我有同感。』船田說完後，關上車門，絕塵而去。

吉敷想到自己也該採取行動了。這一次，自己在案發後三、四小時就迅速趕到現場，或許有利於破案工作的展開吧。現在，最值得懷疑的人物，首先是計程車公司的老闆北岡，其次是高館。假如兇手是其中一人，這時對他們來個奇襲的話，由於作案後心理狀態極不穩定，或許會露出破綻也不一定。這兩人當中，又以北岡的犯罪氣味較濃。從距離上來看，大森離這裡也比較近。行動前，吉敷從丸子橋派出所試著打電話到田園交通公司的大森營業所，想確認一下凌晨時分社長北岡應該不在公司吧。牆上的時鐘顯示現在還不到四點，但田園交通公司是二十四小時服務的，辦公室一定有人值班。聽筒中傳來中氣十足的男聲。聽到吉敷自報警察身分後，也沒有露出驚慌的樣子。吉敷問北岡社長是不是在公司？對方立刻回答：『社長在公司，我幫你轉接給他。』吉敷頓時感到愕然。

『我是北岡。』話筒那頭變成稍顯嘶啞的北岡的聲音。他似乎正在打瞌睡。向他介紹自己是曾經與他見過面的搜查一課的吉敷後，他想了一下，發出『啊』地一聲，然後說道：

『原來是一課的警官，我還以為是負責交通事故方面的人打來的電話。』

『事故？』

『不久之前，公司的車子在首都高速公路捲入四車連環相撞的事故中，公司值班人員急得團團轉，把我從酒吧裡叫回來，看來要忙個通宵了。』

吉敷一時語塞，然後問道：『車禍是什麼時候發生的？』

『昨晚十一點剛過吧。』

『你什麼時候回到公司的？』

『這個嘛，十一點半左右吧。』

『此後就一直在公司？』

『對，一直在公司處理事情。』

『有人證嗎？』

『哪還用說嗎？在公司值班的人都是證人呀。』北岡不高興地說道。

吉敷愣了好一會兒，才想到要掛上話筒。眼前是盯著他的今村。沒想到北岡竟然是清白的。牆上時鐘的長針指著十二，短針指著四。那麼，高館呢?!吉敷本來不想先打電話給高館，對於有妻室的男人來說，在睡眠中發動突襲實在是有失厚道，但事關殺人命案，只能硬著頭皮這麼做了。去高館家途中，吉敷向今村簡單說了自己去越後和北海道調查的情況。

高館所住的公寓大廈，外牆貼著紅磚，頗為氣派。查看設置在玄關大廳的信箱後，馬上發現八〇一號信箱貼著高館的名片。吉敷按下電梯按鈕，不一會電梯門打開，從裡面衝出大概是送報員的年輕人，幾乎撞到了吉敷身上。電梯升往八樓途中，感受不到任何人氣，只聽到電梯馬達的聲音。按下八〇一室的電鈴按鈕，從屋內傳出電鈴聲，由於周圍一片寂靜，這鈴聲聽起來特別響亮。連續按了幾次電鈴，差不多等了近十分鐘，終於從按鈕上方的揚聲器中發出『誰呀？』的男聲。這聲音同樣很響亮，響徹寂靜的走廊。

『妨礙你休息了。我是警察，有緊急事情要向您打聽。』吉敷說道。雖然他已盡量放輕音量，但聲音仍然傳到走廊遠處。可以聽到高館向房門內側走來的聲音，接下來是開鎖的聲音。吉敷舉起警察手冊，等待房門打開。門口出現高館睡眼惺忪的臉孔，他身穿睡衣。由於個子矮小，再加上怕冷似地彎著腰，吉敷必須明顯地低頭看著他才行。

高館有著一對大眼睛，但此刻卻瞇細著眼。平時掛在臉上的營業部長招牌笑容也不見了。不用說，這與一月份在公司部長室見面時的印象大相逕庭。吉敷先向高館致歉，然後告訴他繼之前的九條千鶴子之後，染谷辰郎也被人謀殺了。高館知道新橋染谷醫院的院長名字，說是從銀馬車夜總會聽來的，並在夜總會見過他的樣子。但當高館聽到染谷的死訊時，他並未露出驚慌或緊張的神色。吉敷一直觀察高館的表情，但身為警察心裡的警鈴並沒有響起。高館的表情是一臉的睡意與困惑，再加上對警察突然來訪的不滿。看來，這男人一如往常地工作，也一如往常地休息、睡覺。隨著談話的進展，高館的眼睛睜開了，不久後，營業部長的待人接物方式又回到他身上了。

『天氣寒冷，請進來把房門關上吧。』當高館請吉敷『入內詳談』的時候，吉敷感到極度失望。吉敷心想又搞錯了。假如這男人四小時前殺了人，絕對不可能在刑警面前如此冷靜淡定地說話。

吉敷說不用了，不過是例行公事，向他打聽一下午夜零時前後的不在場證明而已。

高館說了兩、三間酒家的名字，說因為是週六晚上的關係，可以喝個盡興，所以喝到凌晨兩點左右。他喝酒的地方也包括銀馬車夜總會。吉敷一一做了記錄，準備今日傍晚時再去確認，不過他對高館的懷疑已經消失大半。走出高館房間，來到電梯口時，從電梯旁的大窗戶，看到太陽已經升起。等候電梯上來的時候，吉敷隔著玻璃眺望朝陽。因為內外的溫差關係，玻璃上有少許霧氣，令吉敷回想起從村上搭乘『日本海三號』列車的情景。在黃澄澄的陽光照射下，如今呈現在眼前的是擁擠不堪的街道海洋。失敗感驀然湧上心頭，或許是體力衰退了吧，吉敷感到全身懶慵無力。

先殺九條千鶴子，再殺染谷辰郎，那兇手究竟藏在城裡何處呢？

幻影！一切都像那女人般地成了幻影。目前為止最有嫌疑的四人：穿帆布球鞋的佐佐木、染谷、高館、北岡。染谷已死，北岡、高館和佐佐木都已擺脫嫌疑。那麼，真正的兇手在哪裡呢？不只是藍色列車中的女人，就連追蹤中的嫌犯，也像此刻消失得無影無蹤的夜色一樣，從吉敷眼前倏忽不見了。

2

吉敷與今村告別後，馬上趕往東京車站，證實了今村從染谷身上發現的車票的確是一月十八日藍色列車『隼號』的單人寢台車票。然後回到成城警署，在值班室小睡一會兒。今天是星期天，不回家的原因是想盤問仍被拘留在警署的佐佐木，但還沒想好問題，所以準備邊睡邊整理一下思緒。到現在為止，資料方面已搜集得差不多了，接下來或許就要靠大腦的思考，來跟兇手鬥智了。吉敷深信，只要頭腦清醒，鍥而不捨，最後一定能找到真相。一覺醒來，已是午飯時分。吉敷撥電話至雪谷的柳原醫院。吉敷告訴對方自己是警察，請對方去昨天深夜入院的染谷醫院院長夫人病房看一看，如果讀初中的兒子在旁陪伴的話，請把這孩子叫來聽電話。不久，從電話那頭傳來『喂、喂』的男孩子的青澀聲音。吉敷報上姓名，說道想去探病，不知他母親現在的情況怎麼樣了？

男孩說病情還是很惡劣。吉敷又問究竟到什麼程度？那孩子似乎十分困惑，只是簡單地說媽媽的精神有點錯亂，便不再說什麼。或許他也累了。

『如何錯亂法呢？』雖然覺得有點殘酷，但不得不問。

『母親好像覺得對不起父親似的。但我不這麼覺得。』

『哦。』吉敷漫應道。然後迫不及待把問題轉到他想了解的方向上。

『請問令尊每晚的慢跑，是不是有事先規劃好的路線？』

『對，路線都是事先已經確定的。』男孩答道。

『那麼，每晚的路線都一樣嗎？』

『是的。』

『時間方面呢？』

『時間也是固定的。』

『什麼時間？』

『半夜一點鐘。』

『非常準時嗎？』

『是的。父親是個一絲不苟的人。平時即使在外面飲酒，一點前一定會回到家中，然後換上運動服出去跑步。他回來的時候如果我還沒睡，他就會勃然大怒。』

『或許，他已經習慣成自然了。』

『對。』

看來，染谷半夜慢跑的習慣十分固定，這麼說要埋伏攻擊他就是件輕而易舉的事了。

『河堤也在他的路線範圍內嗎？』

『是的。』

最後吉敷在電話裡說了幾句鼓勵那男孩的話，並向他表示謝意後就掛斷電話。接下來是打電話給船田。『我是吉敷。染谷的鑑識工作結束了嗎？』

『剛剛結束。』

『可以告訴我結果嗎？死亡推定時間呢？』與染谷的兒子通過電話後，其實也沒必要問太多東西了。

『死亡推定時間定為昨天午夜也就是今天凌晨一點半，前後誤差不超過三十分鐘。』

『這就是說，是四日凌晨的一點至兩點之間了。』

『對。』船田的說法與自己的想法不謀而合。

『死因是刀子刺中心臟嗎？』

『當然。』

『殺染谷的刀子與一月份殺九條千鶴子的刀是同樣的款式嗎？』

『非常相似。不過形狀略有不同，或許價錢也不一樣吧。』

『有沒有可能是同一家店賣出的刀子？』

『對此我無可奉告。哈哈，這問題要問你自己才對呀。』說得不錯，吉敷心想。自己現在好像完全喪失了自信。

『其他還有什麼值得一提的情況嗎？』

『這個嘛，死者身上有很多傷痕：腹部兩處、左胸乳下一處、右手上腕部一處。』

『是剛受的傷嗎？』

『不、不，都是舊傷，已經癒合。不過也不能說太舊，不如說是比較新的傷痕。大概是兩個月前受的傷吧。』

『這四處傷口是同一時間受的傷嗎？』

『很難確定，只能說有這個可能。』

『傷口深嗎？』

『不、不，都是很淺的傷口。像腹部的傷口只到肌肉的程度，還不到足以致染谷於死地的程度。』

『其他呢？』

『沒有了，就這些了。』

吉敷掛上電話。為了見佐佐木，他走向拘留所。與負責人打過招呼後，站在鐵格子前，佐佐木在裡面正襟危坐。

『佐佐木。』吉敷直呼他的姓氏。佐佐木一開始還保持沉默，稍後嘀咕著說有什麼事？

『我想問你幾個問題。』

『嘿嘿，我說的話你相信嗎？』佐佐木挑釁似地說道。

『什麼意思？』

『我現在想什麼？你猜得到嗎？』佐佐木再度挑釁。

『我知道，』吉敷說道，『你可能想到自己會被判死刑吧？』

佐佐木沉默不語。看來被吉敷說中了心事。

『所以說你們不會相信我的話。』佐佐木小聲說道，『你們就要判我死刑了吧？對於一個不能相信的死刑犯，你們還有必要問他問題嗎？』因為氣憤，他的音量由小變大。

『我信你的話。』吉敷說道，『我不認為你是殺人犯。』

『真的嗎？』吉敷點頭。

『你真的不懷疑我嗎？』

『啊，別囉嗦了。』

『那馬上放我出去吧。』

『老兄，你不知道自己是為什麼進來的嗎？你是毒販，難道連這點也想否認嗎？』佐佐木再次正襟危坐。

『說不說是你的事，但只要找不到真正的兇手，你就非得待在這裡不可。』

佐佐木避開吉敷的視線，繼續保持沉默。

『你是怎麼幹起賣興奮劑的生意來了？』

『一言難盡，還不是為生活所逼嘛。』

『那你認識黑社會的人了？』

『嗯，我在火車站賣「豆沙麵包」的時候，被他們盯上了。』

『豆沙麵包？是甲苯嗎？』

『是的。』

『為什麼做這種事？』

『為了吃飯。』

『能賺錢嗎？』

『還算可以吧。』

『是裝在紅色小瓶裡的東西嗎？一瓶賣多少錢？』

『現在賣三千日圓一瓶。』

『興奮劑呢？』

『價錢？在歌舞伎町的行情是三萬日圓一公克，不過市價經常變動。』

『你這個混蛋。有兄弟姐妹嗎？』

『如果有，就不會幹這種事了。』

『你是在歌舞伎町認識九條淳子的嗎？』

『是的。』

『是怎麼認識的？』

『偶然認識的。你知道歌舞伎町一帶經常有女孩子在那閒逛。我和黑社會的一夥人如果看上這些女孩，就會對她們說如果想賺錢，有好工作可以給妳們做。』

『好工作？賣淫？』

『嗯。』

『什麼價錢？』

『第一次四萬，之後每次一萬五。』

『這些女孩有注射毒品嗎？』

『有。』

『剛開始免費或是算得很便宜吧？』

『嗯。』

『哼，讓她們上癮後就提高價錢。這些女孩為了吸毒就不得不為你們賣命，再也逃不出你們的手掌心。這是你們慣用的卑劣手法呀。』

『……』

『被你們騙到的女孩子有多少人？』

『嗯，不下一百個吧。』

『淳子也在裡面嗎？』

『是的。不過我只是把她當玩伴而已，與她在一起滿有趣的。』

『她也出賣肉體嗎？』

『不，那女孩不賣淫，她好像不缺錢用。』

『這麼說來，她的背後有金主囉？』

『看來是的。』

『你知道金主的名字嗎？』

『不知道。我從不跟她談這種事。』

『那你跟她在一起都做些什麼？』

『跳舞呀、喝酒呀。那女孩還到我店裡來過一次。就是這種程度的交往而已。』

『什麼店？』

『我開了一家叫「愛其雅」的牛郎店。』

『哦，你當老闆啊？』

『是啊，有意見嗎？』

『怪不得你知道淳子有錢。她來買過幾次興奮劑？』

『嗯，來買過兩次。』

『花了很多錢吧？』

『那還用說。她還買了許多高檔貨呢。』

『高檔貨？』

『是的。她買搖頭丸一買就是幾萬日圓，另外還買了很多安眠藥。我問她「豆沙麵包」怎麼樣？她說那東西太棒啦。』

『所以她就開始吸食興奮劑了？』

『那當然。對她這個年紀來說，這東西太有吸引力了。』

『是嗎？然後到了一月十八日，你去千鶴子那裡告訴她妹妹在吸毒的事。詳細情形到底怎麼樣，跟我說吧？』

『好的。十八日那天我確實去了千鶴子住的地方。』

『什麼時候？』

『下午三點之前吧，我到了她的公寓。』

『嗯，當時的九條千鶴子的狀況如何？』

『打扮得很漂亮，準備出去旅行。』

『嗯。你說了淳子的情況後，她的反應如何？』

『哇！馬上變得歇斯底里。又是拉扯，又是丟東西，對我大發脾氣。』

『這時候酒櫃上的大理石座鐘掉到地板上了？』

『唉，確實掉到地板上了。』

『下面有金屬煙灰缸嗎？』

『可能有吧。怎麼啦？要我賠償損失嗎？』

『別說這種蠢話。那你怎麼應付九條千鶴子的歇斯底里呢？』

『好男不跟惡女鬥，三十六計，走為上策囉。我什麼也沒做。被她臭罵一頓、打了幾下，只好自認倒楣，轉頭就走。』

『當時在房間裡，只有她一個人嗎？』

『是的，只有她一個人。』

『有沒有第三者藏在房間裡的跡象？』

『不可能吧。吵得那麼厲害，要是有第三者，一定早就跑出來了。』

『嗯，你能肯定沒有第三者？』

『對，房裡只有她一個人。』

『那時候離九條千鶴子準備搭乘的列車發車時間已經很近了吧。你是在三點二十七、八分離開九條千鶴子的房間嗎？』

『嗯，差不多這個時候離開的吧。』

『因為九條千鶴子在你離開後急著要去車站，假如第三者不在你離開的同時到達千鶴子房間的話，恐怕就碰不到千鶴子了。』

『嗯，當時千鶴子確實很著急。』

『是嗎？假設你離開後有人殺了千鶴子，那兇手就非要在你一離開後馬上進入千鶴子的公寓不可。否則的話，就像我剛才說的，兇手就只能藏在千鶴子的房間裡了。』

『不，房間裡沒有第三者。』

『這樣的話，就只有你離開的時候正好有人進入千鶴子房間這個可能了。你有這方面的線索嗎？』

『不，我完全沒有這方面的線索。』

『電梯的情形如何？』

『電梯裡只有我一個人。』

『兇手也許是從樓梯上來的吧……噢，你在電梯前撞見抱著購物袋名叫戶谷的婦人吧？』

『是啊。那天真倒楣。』

『那個婦人說大概花了一、兩分鐘撿起散落在走廊上的東西。這表示那個婦人在走廊停留了一、兩分鐘。在這期間，你看到有人在詢問九條小姐的房間嗎？』

『沒有，我沒看到。但我確實沒有殺死九條小姐呀。』

『這我知道。但是沒有人知道你在三點前來到九條小姐房間。你在走廊上有遇到誰嗎？』

『啊，沒有遇到人。那棟大廈的走廊也沒有窗戶。』

『沒有目擊證人對你很不利喔。好了，我們換個話題吧。你有沒有看到那屋子浴室裡的浴缸裝滿了水？』

『啊，我沒注意。』

『你離開的時候，她的服裝整齊嗎？』

『這話什麼意思？你懷疑我動手打她嗎？』

『不是那個意思，我在想她是不是準備去洗澡？』

『別開玩笑了，她當時急著去車站呀。』

『穿著整齊嗎？』

『當然很整齊呀。』

『她完全沒有想進浴室洗澡的樣子嗎？』

『完全沒有。』

『她穿的是這套衣服嗎？』吉敷再度拿出小出在『隼號』列車上拍攝的照片給佐佐木看。

『是的。』

『也穿著外套嗎？』

『不，沒穿外套，但是外套披在沙發椅背上。』

『只穿毛衣和西褲嗎？』

『是的。』

『好，下面再問一個很重要的問題，你仔細聽著。當時，她穿的毛衣，是跟這張照片一樣的灰色毛衣？還是粉紅色毛衣？』

『我記得很清楚，她穿著灰色毛衣。』

『灰色？確實沒錯嗎？』
『沒錯，跟照片完全一樣。』
吉敷望著虛空，心想：那置衣籃裡的粉紅色毛衣是怎麼回事呢？
『你有沒有看到擺在浴室門口的置衣籃裡有些什麼衣服？』
『絕對沒有。我可不是變態狂呀。』
『唉，如果你當時能看上一眼，就能幫我一個大忙啦。』

3

回到自己的辦公室，吉敷又陷入深思之中。十八日下午三點到三點半，九條千鶴子所穿的毛衣是灰色的，但是，發現死者時，留在置衣籃中的毛衣卻是粉紅色的。這是什麼道理呢？再說，在那一天、那個時間，九條千鶴子根本沒有意思進浴室洗澡；事實上，也沒有洗澡的時間。儘管如此，被發現的屍體卻泡在浴缸中。這究竟是？——

兇手在浴室剝下千鶴子的臉皮，那是已經確定的事實。這就是說，選擇浴室是為了剝臉皮之用，這樣也方便沖洗血跡。情況真的是這樣嗎？那麼，剝下臉皮的理由是什麼？是變態者毫無理由的即興舉動嗎？如果是，目前為止浮上檯面的可疑人物中有變態者嗎？——

記得牛越說過，若不是為了偽裝入浴，就沒有必要脫掉衣服。那可能是牛越知道脫去衣服的屍體被浸入浴缸裡的瞬間聯想吧。牛越的說法頗有啟發性。那麼，兇手脫掉死者衣服的真正理由何在呢？把死者的衣服帶走？對，兇手一定有拿走那女人衣服的理由。可是，拿走衣服的理由究竟是什麼呢？如果說兇手為了處理沾血的衣服，這理由多少有點牽強。因為屍體被人發現時胸部插著一把刀，浴缸裡滿是鮮血，兇手顯然在浴室裡做出剝臉皮的暴行。在這種情況下，兇手置屍體於不顧，卻匆匆拿走沾了少量鮮血的衣服，似乎於理不合。

但吉敷又想到那天今村提出的『胸罩不見了』的疑問，再加上粉紅色毛衣，還是讓人不得不懷疑是兇手把衣服帶走了。由於沾了血，兇手想把胸罩和灰色毛衣帶走。他打開衣櫃找替代的衣服，但找不到另一件灰色毛衣，不得已，兇手只好取出粉紅色毛衣丟在置衣籃裡。至於胸罩，因為兇手是男性，他可能忘記找替代品了。

可是，衣服沾血的理由始終有點牽強。之後，那女人不是穿著沒有沾血的灰色毛衣大模大樣地搭上藍色列車嗎？灰色毛衣不但沒沾上血，更沒有被刀刺穿的破洞。如果那個女人沒有兩件一模一樣的灰色毛衣，那究竟是……唉！實在弄不明白。再說，剝臉皮又為了什麼呢？

吉敷用左手托著後腦。午後的陽光把苦惱刑警的側影投射在辦公桌上。因為找不到兇手，吉敷試著猜想那女人會不會是自殺？可是自殺者要怎麼剝下自己的臉皮？何況染谷辰郎也死了。接近了，快接近目標了——吉敷心想。到目前為止，手上掌握的資料應該已經很全面了。但是，灰色毛衣，粉紅色毛衣，以及從染谷運動裝裡掏出來的藍色列車車票，仍是解不開的謎。

『果然在這裡。』誰的聲音？吉敷抬起頭來，看到了中村。

『打電話到你荻窪的家裡，沒人接聽。我想你多半是在這裡。』中村走向吉敷。

『我是來審訊佐佐木的。』吉敷答道。

中村還不知道染谷被殺的事。吉敷等中村在旁邊的椅子上坐下後才告訴他。中村聽後大感震驚，他一下子說不出話來，陷入沉思。過了好一會兒，才喃喃道：『看來，兇手是我們不知道的人了。』

吉敷想也許真是這樣吧。兩人無話可說，繼續陷入沉思之中。稍後，中村突然大聲說道：『啊！我忘了跟你說了。』

吉敷看著中村的臉孔。『找你就是為了這個。』說完中村把一個小紙袋遞給吉敷。

『這是什麼東西？』

『拆開來看看吧。』吉敷把紙袋倒轉，一張小紙片從紙袋裡跌落辦公桌上，看樣子像是車票。『這是藍色列車的車票。』

『哦！是「隼號」的車票嗎？』

『對。不過只有一張車票。事實上，這是我侄子弄到的車票，他就在那家旅行雜誌社做事，因為準備去外地採訪而預訂了這張車票。這可是「隼號」一號車廂的單人寢台車票喔！因為名氣大，數量少，普通人很難弄得到這張車票。但他們旅行雜誌社似乎有門路可以輕易弄到車票。臨行前，我侄子昨天突然接到一項緊急任務，他無法出差了。他想把車票讓給同事，我聽到這個消息，就立刻把票要了過來。這可是今天的票喔。』

『你說什麼時候？』

『就是今天。』

『今天?!今天什麼時間？』

『下午三點。離現在還有一小時四十五分鐘，時間正合適。』

老天！吉敷心想，這不是夢幻成真嗎？看來馬上就可以搭上藍色列車了。

『坐藍色列車一直是我的願望，只不過票價方面……』

『這你不用擔心，車票的費用已經包括在我那侄子的採訪費用裡了。』

『但是……』

『好啦、好啦，以後我還有很多事要你幫忙，這次你就安心地享受藍色列車之旅吧。』

『既然如此，我就多謝你的好意了。』

『那你手上有替換衣物嗎？』

『我的置物櫃裡隨時都有，盥洗用具也放在一起。』

『哈哈，畢竟是單身貴族。』

『沒錯，這就是獨身人士的好處。啊，這張車票的目的地是哪裡？』

『到熊本是最理想的了，可惜這張車票是到下關。』

『是嗎？如果是下關的話，隔天早上八點左右到達，正好可以在單人寢台裡睡一晚。

嗯，這就是搭「隼號」的好處了，其他藍色列車的時間都沒有這麼合適。』

『對。聽說侄子的採訪內容也包括介紹單人寢台，所以選了這趟列車。在「隼號」前後還有「櫻花號」和「瑞穗號」列車，可是這二班列車都不設單人寢台。』

『是嗎？我倒是不知道。』

『之後還有「富士號」、「出雲一號」、「晨風一號」，由於每班車都只設一節單人寢台車廂，車票非常難買。』

『噢，原來如此。』

『凡是搭乘過藍色列車的旅客，都說感受到巨大的激動。可惜我沒有坐過，也就無從置喙了。』

『嗯。』

『如果沒有必要在下關下車的話，不如在廣島下車吧。你的老家好像在廣島吧？』

『是的，老家是尾道。』

『那就回一趟老家吧，做個優閒的一日遊也不錯呢。好久沒回老家了吧？』

『是啊。』

『偶爾孝敬一下父母是應該的。這樣做或許能感動老天，賜給你破案的智慧。』

吉敷噗哧笑了出來。

第五章

死者的時鐘

1

這次案件與旅行有關，吉敷終於也要縱走日本列島了。匆匆忙忙登上東京車站九號月臺，『隼號』的藍色車身已靜靜停在月臺邊了。

雖然是冬季，午後的陽光仍然高照，讓人完全無法感受夜行列車即將出發的氣氛。不過，車身確實非常漂亮，與見慣的新幹線列車大異其趣。怪不得已死的九條千鶴子是這班列車的愛好者。

單人寢台設在一號車廂。不知在哪本書中讀過，列車最前方的晃動程度最小。踏入單人寢台車廂，首先映入眼簾的是通道的地毯。朝著前進方向，靠右側窗邊是寬僅一公尺的走廊，走廊上鋪著小地毯，跟大飯店一樣。走廊左側排列著十四個單間包廂的房門。這是已在小出的相片中看慣的情景，通道上沒見到其他乘客的身影。

打開房門，正如在走道上時想到的，裡面的空間十分狹窄。不過在椅子兼臥床的座席上面，鋪著潔白乾淨的床單。枕頭套也洗得雪白。地板上擺著與車身顏色一樣的藍色拖鞋。吉敷頓時沉浸在舒適溫馨的氣氛之中。窗子小了點，大概一平方公尺大小。因為正方形的關係，看起來像飛機的窗戶。窗邊裝著一張小平檯，把檯面往上抬起，下面露出標示H和C的兩個水龍頭，轉開H水龍頭，流出滾燙的熱水。

彎腰坐在座席上，正好對著對面的一面大玻璃鏡。鏡子下方有電器插座。房門入口的旁邊牆上，並列著室內電燈開關和空調開關，還有寫著『警報』字樣的紅色按鈕。

脫下西裝和外套，掛在牆上的衣服掛鉤上，然後橫躺在座席上。看來地方確實狹窄，長度和寬度都嫌不足，對於身高一七八的吉敷來說，想舒適地躺下來是不可能的。吉敷只能縮肩屈膝，勉強睡在座席上。不久後感覺即將發車，於是吉敷來到走廊。不知不覺間，走廊上已擠滿了乘客。月台上，拿著相機的人頻頻按下快門，閃光燈也此起彼落。吉敷親身感受了這藍色列車受歡迎的熱烈程度，然後回到自己的房間。

五點九分列車在橫濱站停車。然後列車在抵達靜岡站之前將不再停車。從橫濱發車時，窗外已暮色四合；當小田原的站名被迅速拋在車後時，天已完全黑了。吉敷拿出列車時刻表，攤在檯子上，調查『隼號』的停靠站名。『隼號』停靠的車站很少，靜岡之後是名古屋、歧阜，然後就是京都、大阪，這之後停靠三宮，接下來就是廣島了。

吉敷讓時刻表攤著，以手臂為枕，上半身伏在檯面上小憩。稍後他才終於橫臥在座席上，室內一片寂靜。到目前為止，他從未有在火車的單人包廂裡躺臥休息的旅行經驗，所以感覺十分特別。搭火車旅行竟然可以這麼愜意?!他簡直為此感到忐忑不安。以前搭乘火車，差不多都是在座位旁邊，摩肩接踵地坐著其他乘客，與對面的乘客則是屈膝而坐。在這樣乘客長時間互不交談並互相迴避視線的情況下，實在是件累人的事。就算是臥車，上下左右躺著其他人，情況也差不多。

單人寢台由於有板壁分隔，隱私得到完全的保護，吉敷覺得坐在裡面安全而舒適，不過與此同時，也有一點寂寞孤單的感覺。來到走廊上，一旦遇上也有同感的其他乘客，就不期然地想上前攀談幾句。此時對於長岡在他的文章裡流露出的情緒，吉敷因為親身坐在單人寢台之中而有了深刻的理解。尤其當對方是美貌女性時，這種情緒就更加強烈了。或許，有條件做這種豪華旅行的人，都有這種希望互相確認優越感的心理吧。

吉敷來到走廊上，但外面無人。列車正通過某個車站，月台的燈光射入車廂，在走廊的地毯上閃耀著多變的光影。吉敷幾乎看得入迷了。不久服務員進來了。他從第一間包廂開始逐一輕敲房門。看樣子他是來查票的。有趣的是，所有房間都是聽到開鎖聲後才打開門，證明了乘客們都把自己鎖在小房間裡。吉敷走進五號房，拿了車票後又回到走廊上等待。

查完票後，可能覺得無聊吧，陸續有乘客走出房間。有人去廁所，也有人去廁所附近的飲水機前飲水。這些人都沒有馬上回到房間，而是靠在走廊的牆壁上，觀察外面的夜景。吉敷的思緒又回到了那件案子上。眼前，吉敷見到的這些乘客，彼此之間似乎懶得答腔。但事實上，吉敷自己也是這種心情。那麼，當這裡出現一位沐浴在相機閃光中的絕色美女時，一定會成為眾所矚目的焦點。平常時，走廊上總是冷冷清清的。

不，等等，事情可能不是這樣，吉敷心想。千鶴子很樂意讓人拍照，與其說為了引人注目，不如說是別有用心。她不但在走廊上與人交談，甚至還跑到長岡房中聊天。這意圖不是很明顯嗎？為何這麼做？看來是為了塑造自己的形象——難道不是嗎？

也就是說，千鶴子的行為，完全是為了讓搭乘單人寢台的乘客對自己留下強烈而深刻的印象。一種興奮感在吉敷體內油然而生。對，就是這樣，這個推測不會錯。

可是，為什麼之前沒有想到這麼簡單的道理呢？噢，那是因為九條千鶴子是被害者的關係吧。一般人往往受限於這樣的固定觀念：上述計謀似乎只會被兇手所用，被害者沒有必要做這種事情。興奮感迅速遍佈全身。這可是出乎意料的發現啊！以此為機緣，說不定能打開破案的新局面吧。吉敷心想：只要改變視角，一切都將不同，過去發生的事轉眼間又回到符合常理的軌道，謎語也將破解。吉敷預感天啟即將降臨在他的身上了。

詭計！這完全是詭計！應該已死的女人在藍色列車上出現——那簡直是令觀眾膽戰心驚的魔術。是刻意的設計還是偶然現在還不確定，但這樣的魔術的確在這藍色列車上發生過了。此刻自己似乎已隱約看到舞臺幕後的情況。魔術的竅門一定就在這班藍色列車的單人寢台裡。

單人寢台——這樣的列車在日本的出現具有劃時代的意義。與過去列車的最大不同處，在於它能完全確保乘客的隱私。這種包廂，不就是魔術師的箱子嗎？魔術師鑽進箱子後，當箱子再度打開時，觀眾不知道會從箱子中飛出什麼東西？有可能是鴿子，也可能是兔子，魔術師則消失無蹤了。

消失！——吉敷的思考聚焦到這兩個字上。

此刻，查票工作已經完畢，三三兩兩站在通道上的乘客都回到自己的房裡，大概準備休息了吧。從此刻到天亮，服務員經過通道時也躡手躡腳的，因為他相信房裡的乘客都在休息。那麼如果乘客消失了又會怎麼樣?也許從完成查票工作的此刻到天亮，服務員都不會發現吧。

如果是雙層寢台或三層寢台，就不會這樣。因為在通道上可以見到乘客的鞋子。有的乘客甚至從布簾內發出雷鳴般的鼾聲。畢竟只隔著一張布簾，裡面有沒有乘客是很容易分辨的。但藍色列車的一號車廂情況完全不同，外面的人對於完美密封的『箱子』中發生的事情根本無從知曉。到現在為止，自己一直把九條千鶴子放在被害者的位置。看來這是錯誤的。所有的謎不都是由此衍生出來的嗎?可以這麼說，千鶴子會成為被害者其實純屬偶然，原本應該死的是別人。千鶴子實際上只是殺人手段中的工具之一。

對，就是這樣，吉敷心想。在他的腦子裡，推理的齒輪突然巧妙地嚙合，機器開始暢順地運轉起來。吉敷覺得，破案工作到現在才算走上正確的軌道。消失，對，就是消失。千鶴子從這裡消失完全是按預定計畫辦事。她一開始就是為了這個目的而選擇有單人寢台的藍色列車。

為什麼要這麼做呢?顯然，她是為了製造不在現場證明。

小出老人為她拍照，剛好正中她的下懷。因為這樣子，就留下了她搭乘『隼號』列車的確鑿證據，也給同車廂的乘客留下強烈的印象。接下來，她把自己關在單人寢台中。等夜深人靜，又偷偷溜出來，在某個車站下車。然後她火速折返東京，執行預定的殺人計畫。

接下來，她用某種方法趕上和再次潛入這班『隼號』列車，在天亮之前回到自己的單人寢台裡。就這樣，在她犯罪的時間裡就給人留下她一直在藍色列車裡的印象，也就是製造了非常完美的不在現場證明。但是，只要這計畫中的某一環節出了紕漏，事情就可能失敗。看來，在計畫進行過程中的確發生了事故，以至於功敗垂成。那麼，她回到東京後又是用什麼方法追趕藍色列車呢？有速度遠超過藍色列車的火車嗎？

不，要追趕藍色列車顯然不能用火車，只能利用飛機。

這麼說來，千鶴子並非在十八日下午三點過後被殺。實際情況是，佐佐木離開後她匆匆忙忙趕往東京車站，按預定計畫搭上藍色列車。

這樣的想法其實是理所當然的。當得出世界上並不存在兩個千鶴子的結論時，就應該想到這一點了。也就是說，十八日下午三點過後，千鶴子已沒有進浴室洗澡的時間了，只剩下趕往東京車站的時間。既然佐佐木沒有加害她，所以她唯一的行動就是去東京車站搭乘藍色列車，這是邏輯推斷的結論。由於她根本沒有多餘時間，被佐佐木搞亂的房間保持原樣也就可以理解了。她來不及收拾房間了。

再加上目擊者安田指稱十九日清晨見到千鶴子的屍體，正好證明千鶴子是偷偷從『隼號』下車回到東京後被殺的。這也是唯一的邏輯推論。另一個可以作為佐證的，是兇手拿走灰色毛衣的行為。兇手之所以要拿走灰色毛衣，顯然是因為毛衣的胸部有被刀刺穿的洞，而且沾上了血。但是在『隼號』列車上拍攝的千鶴子的照片中，她所穿的灰色毛衣既沒有沾血，也沒有破洞。由此也可證明千鶴子是在拍攝照片之後被殺的。

女性死者沒有臉皮，這為發現她的人帶來巨大的衝擊。剝皮這種可怕的行為，相信並非兇手的惡作劇，而是隱含著某種重大意義。

那麼兇手是誰呢？或者說，千鶴子在藍色列車的旅程中途下車返回東京，她想殺的對象是誰呢？

2

吉敷發現自己一直站在走廊上思考問題。看看手錶，已經是晚上九點二十分了，走廊裡鴉雀無聲。他想現在返回東京還不算太遲吧。如果要回東京，在下一站名古屋下車的可能性是很大的。列車大概快到名古屋了吧。吉敷趕緊走進房間，急忙打開列車時刻表。到達名古屋站的時間是二十一點三十七分。只剩下十分鐘了，在這之前必須決定自己的行動。

彎下腰，匆匆翻閱時刻表。到現在為止，『隼號』列車還只停過兩個站：橫濱與靜岡。十八日那天，千鶴子是絕對不可能在靜岡下車的。因為小出和長岡在將近九點鐘的時候還在車內見到她的身影。千鶴子很可能是在名古屋或岐阜下車的吧。

如果要返回東京，看來還是搭新幹線列車最理想，因為這樣可以節省時間。這樣的話，在名古屋下車的可能性就很大了，因為『光號』新幹線列車沒有停靠岐阜這一站。

吉敷打開新幹線那一頁，用手指在頁面滑動。縱向並列著幾班上行『光號』列車，名古屋的開車時刻分別是二十一點七分、二十一點十九分、二十一點三十一分……這幾班看來都不適合。手指移到最後一班上行『光號』列車處。對！時間正好。這班最後的上行列車叫做『光九十八號』，二十一點四十三分從名古屋開出。這時間與『隼號』列車到達名古屋的時間相差六分鐘，正好可以銜接得上。由於『光九十八號』是最後一班去東京的上行新幹線列車，如果千鶴子在名古屋之外的車站從『隼號』下車的話，就不可能搭上新幹線的上行列車了。以『光九十八號』為例，它在二十點五十三分從京都站開出；在二十點三十四分從新大阪站開出，絕對不可能與『隼號』銜接。

所以，二十一點三十七分到達名古屋的『隼號』列車，是以六分鐘之差可與最後一班新幹線上行列車銜接的車站，而且在時間上來說設有單人寢台車廂的藍色列車的車內乘客也已漸漸入睡。

從東京出發後，如果一早就在靜岡站下車，在列車上消失，情況反而不妙。因為時間還早，乘客還未入睡，長岡等人或許會敲千鶴子包廂的門，事情就會曝光。總之，只有這趟『隼號』藍色列車，才能滿足各種微妙條件。比『隼號』早一班的藍色列車『櫻花號』，雖然可以在比名古屋更遠的車站與『光號』列車銜接，但問題在於『櫻花號』沒有單人寢台。其他設有單人寢台的藍色列車是『隼號』之後第二班的『富士號』，但該列車無法跟『光九十八號』銜接，因為『光九十八號』從名古屋開出後中途不再停車而直達東京。

『光九十八號』到達東京的時間是二十三點四十六分，正好是午夜零點之前。如果千鶴子的確在這時間重返東京，吉敷覺得這就能為破解種種謎團帶來了巨大的契機。像成城公寓浴室裡的屍體問題，臉皮被剝問題等等，都可以迎刃而解。至於新幹線之外的列車就不用考慮了。無論搭乘哪一班車，哪怕是銜接度最好的普通列車，到達東京的時間也一定比『光九十八號』晚。要知道『光號』列車是日本最快的列車。而對千鶴子來說，為了完成既定計畫，一定會希望盡早返回東京，哪怕是快一分鐘也好呀。

現在怎麼辦？吉敷問自己。已經沒有慢慢考慮的時間了，車窗外的霓虹燈開始閃耀著名古屋的字樣。吉敷趕緊起身，穿上上衣，套上外套。把手提袋中拿出的東西，重新塞進去，最後把列車時刻表也放入袋子裡。脫下拖鞋，換上皮鞋。確認房內沒有遺留任何東西後，吉敷走出走廊。此時，列車正好滑進名古屋站的月台。

下到月台後，吉敷把手提袋放在地上，扣上上衣和外套的釦子。然後拎起手提袋，快步往新幹線月台走去。離『光九十八號』的開車時間，可是只有六分鐘喔。最後一班的『光號』很空，吉敷坐上自由席後，又掏出列車時刻表研究。到達東京站是晚上十一點四十六分，之後，九條千鶴子準備殺誰呢？

答案馬上就要揭曉，因為推理已經走上軌道。這答案就是兩個月前留在染谷身上的四處傷痕。她的目標一定是染谷。從東京車站出來後，她就直接去了田園調布郊外的多摩川河邊。染谷有深夜慢跑的習慣，時間和路線都是固定的。所以千鶴子可以輕易埋伏，等待染谷的到來。那麼殺染谷的動機呢？這個動機吉敷暫時還不清楚。千鶴子以前曾是染谷的情人，但兩人的關係早已結束。是過去的怨恨引起千鶴子的殺機嗎？但很快吉敷又想到另一種可能。

對，是妹妹方面的問題吧。一定是因為妹妹的問題而釀成殺人動機。是什麼問題呢？那一定是——

藥物。吉敷的思路似乎已豁然開朗。

根據佐佐木所說，淳子持有相當多普通人難以到手的高價藥物。這就顯示，淳子的金主是染谷辰郎醫生。或許，淳子是在千鶴子的住處遇見染谷的。醫生對於想成為情婦的女人來說是最具吸引力的。而對染谷來說，則在淳子身上感受到與她姐姐不同的魅力。畢竟，淳子比她姐姐年輕十歲以上。這樣的推測大概不會錯吧。佐佐木說她不缺錢用，吉敷也親自去過她新搬入的豪華公寓，那是與年輕女孩極不相稱的住處。顯然，她有染谷醫院院長的財力做後盾。但是，姐姐千鶴子一定為此感到痛心，因為她非常瞭解染谷這個男人。染谷是玩弄女性的高手。自己被他玩過也就認了，但絕不允許妹妹也成為他的玩物。更重要的，還有佐佐木透露的興奮劑的問題。

由於生活過得太愜意了，淳子開始與不良分子交往，服食興奮劑，玩起了敗德遊戲。

千鶴子急於切斷妹妹與不良分子的聯繫。因此，必須先切斷妹妹的財源。只要經濟來源不中斷，妹妹也就不會中止這種敗德遊戲。但是染谷不是善解人意的男人，他不可能接受千鶴子的要求結束與淳子的關係，反而以佔有美麗的姐妹而沾沾自喜。千鶴子終於領悟：必須殺死染谷，除此之外，沒有第二種拯救妹妹的方法。

千鶴子還感受到時間的迫切性。因為這種狀況若繼續下去，淳子將耽溺於安樂而不願回到普通人的生活中，那也就意味著她會跟自己一樣，走上墮落的不歸路。

千鶴子既然動了殺機，便積極思考殺害染谷的計畫，最後想出了利用藍色列車製造不在現場證明的方法。但千鶴子功虧一簣，殺人計畫以失敗告終。十八日晚上她埋伏在河堤時果然等到跑步而來的染谷。她在夜裡襲擊染谷，但只刺傷了對方的腹部和手部，而且刀子被染谷奪去，千鶴子反而被染谷所殺。這就是九條千鶴子經歷的遭遇吧。

而在染谷方面，情況又如何呢？或許事前他不知道有人要暗算他，當他在深夜慢跑被人襲擊時，本能地拚命反抗，奪過刀子將對方殺死，卻發現兇手是個女子，且是他熟識的情婦千鶴子。他必然大為震驚，心慌意亂。

接下來怎麼辦呢？按常理，他應該會先考慮自首。不論怎麼說，他不過是正當防衛。就算有過分防衛之嫌，至少他絕對沒有殺意。但是，他對於自首猶豫不決。就算證實了他是正當防衛，一旦殺人的消息外傳，名聲上總是不大好聽，尤其他是個魁梧男子漢而對方是個弱質女郎。醫院的院長殺人，顯然會對醫院的經營帶來負面影響。

麻煩的事還不只這樣。警方為了推測那女人的殺人動機，必定會追根究柢地盤問自己和那女人的關係，並且向周遭人士展開綿密的調查。被調查的人中可能也會有人同情那女人，或許就會說出自己目前的情婦並揭發自己的風流史，這麼一來也會讓家人蒙羞。

更大的問題在於淳子。不管怎麼說，被自己殺死的是目前最寵愛的情婦的親姐姐。一旦被淳子知曉，必定會轉而痛恨染谷，淳子很可能就此與自己分手。但反過來想，那事情發生在昏暗的多摩川河堤，事發時沒有目擊者。只要把屍體藏起來，沒有人會知道。屍體不被人發現，殺人事件也就不存在了。總之，考慮到各種因素後，染谷決定不自首了。他可以若無其事地離開現場，繼續過著名利雙收的生活。

不過，在現場很可能留下一樣東西，讓染谷頗為擔心。不用說，這東西就是血。

由於河堤環境昏暗，難以目擊血跡。但正因為眼睛看不到，染谷反而擔心會不會留下一大攤血？除了千鶴子的血，染谷自己也因受傷而滴血。血當然會流到地面上。只因為天黑的關係，難以察覺。是不是回家去拿手電筒再到現場調查？但調查不可能滴水不漏，一定會有疏忽的地方。再說，灑在地面的血跡也不可能完全消除。想到這裡，不安和惶恐襲上染谷心頭。因為染谷是醫生，他知道一滴血或一片皮膚就可以暴露許多真實資料。

第二天天亮之後，行人看到數量不尋常的血跡或許會向丸子橋派出所報告。這麼一來，在警方調查之下，這血跡就會連結到自己身上。就算自己連夜把九條千鶴子的屍體處理掉，警方對於『女子蒸發』事件還是要深入調查的，這麼一來，負責調查失蹤女子的刑警一定會注意丸子橋派出所的報告。如果因為這樣而讓警方的眼光聚焦到自己身上，那將會招致比自首更嚴重的後果。

那麼，就讓九條千鶴子的屍體棄置在河堤上如何？染谷肯定也這麼想過。看來，那樣做也不妙。因為警方會調查死者的身世以及相關人員，染谷遲早都要露出水面，何況那河堤是染谷每晚慢跑的必經之地。如此反覆思量，染谷本來是有可能選擇自首的。但由於天公作美，消除了他的煩惱，使他做出隱藏屍體的決定。所謂天公作美，是指一月十八日半夜過後到十九日凌晨三點下了一場大雨。吉敷終於明白促使染谷這麼做的原因了。

蹲在屍體旁束手無策的染谷，發覺天上落下雨滴，頓時興起『天助我也』的想法。他抬頭觀天，只見黑雲壓頂，看不到星光，預計很快就有一場大雨。這麼一來，河堤上的道路就會變得泥濘不堪，血液被沖洗乾淨，事件的痕跡消失無蹤。染谷終於下了決心，他把千鶴子的屍體暫時留在河堤上，自己趕緊回家開車。

把屍體裝進車尾行李箱後，染谷也許先把車子開回自己家的車庫，在那裡可以一邊處理自己的傷口，一邊考慮棄屍場所。通常，兇手對屍體的處理，要不是沉入海中，就是埋在山裡。但染谷不這麼想，稍後竟把千鶴子的屍體送回成城寓所。

這是基於怎麼樣的想法呢？吉敷不得而知。但吉敷覺得這不是最好的處理方法，把屍體埋掉不是更乾脆俐落嗎？

把屍體放在浴室的理由也不清楚，而且還要將屍體浸在浴缸裡。

脫衣服、脫掉全身的衣服……理由何在呢？他突然想起牛越說的話：兇手一定有脫掉千鶴子衣服的必要。是這樣嗎？必要性在哪裡呢？

脫衣服，拿走衣服……這問題以前也考慮過，那時候，他認為兇手是為了把證據帶走。

但現在覺得這想法不對。脫衣的必要性似乎應該和千鶴子裸體入浴有關……不，等等，吉敷心想。那一定是大雨的關係。因為千鶴子的屍體曾被暫時放置在河堤上，頭髮被雨水淋濕了，身體也沾上泥漿，所以有必要把她偽裝成正在洗澡。

或許如此吧。但這不是問題的全部解答。

譬如說粉紅色毛衣的問題，吉敷就還沒有弄清楚。原本思緒如飛的推理，卻在這裡碰壁了。

3

吉敷抬起頭，望向窗外。列車正在橫渡鐵橋。他想把思路拉回剛才的軌道，但似乎已到盡頭。不妨換個角度思考吧，吉敷心想。染谷的事稍後再想，再度把思路轉回千鶴子身上。千鶴子如果在多摩川河邊順利殺死染谷的話，按計畫，她將搭乘飛機回到隼號列車上吧。那麼，她會搭哪一班飛機呢？吉敷又從手提袋中取出列車時刻表，在最後一頁有飛機時刻表。

對千鶴子來說，任務完成後當然希望越早回到隼號列車越好。但『光九十八號』到達東京的時間是二十三點四十六分，查閱飛機時刻表，在這時間之後已經沒有飛機了。國內飛機航班，最晚到晚上八點。要回去，就得搭隔天清晨第一班飛機才行。飛行目的地，顯然是九州。因為早上八點剛過時，『隼號』列車已經過了關門海峽。沒有更早的班機能在本州追上隼號列車。

九州的飛機場有福岡、長崎、大分、熊本、宮崎、鹿兒島……吉敷扳著手指數著。這裡面，長崎、大分、宮崎機場不必考慮，因為離『隼號』列車的路線太遠。熊本和鹿兒島機場也沒有調查的必要，因為千鶴子是在熊本車站下車的，熊本以外的機場派不上用場。排除以上五個機場，剩下的就只有福岡機場了。『隼號』列車也正好經過福岡市區。

那麼，從羽田到福岡的航班呢……班次非常多。千鶴子希望盡早回到隼號列車上，所以應該會選擇最早的班機。從表上可以看到，羽田到福岡最早的班機是日航三五一號航班，早上七點從羽田機場出發。沒有比這更早的班機了。

日航三五一號班機到達福岡機場的時間是八點四十分，由此看來飛行時間需要一小時四十分。那麼，『隼號』列車呢……吉敷又急著查閱列車時刻表。『隼號』列車到達博多也就是福岡的時間是九點二十分。福岡的國鐵車站名稱是博多，西鐵線的站名叫福岡，兩者距離甚遠。吉敷以前曾去過福岡，所以知道這一點。板付機場就在國鐵博多車站附近。

『隼號』列車在博多站停靠兩分鐘，就是說九點二十二分從博多站開出。飛機則是八點四十分到達板付機場。兩者相差四十二分鐘，也就是說，千鶴子必須在四十二分鐘內從板付機場趕往博多車站。時間上是足夠的，吉敷心想。因為吉敷曾有從板付機場搭計程車到車站的經驗。聽計程車司機說，這條路平常容易塞車，所以從機場到車站大概要三十分鐘；但如果路上車少而且直催油門的話，十五分鐘就夠了。所以，有四十二分鐘的時間，就算飛機晚一點到達，千鶴子也能趕上『隼號』列車。

啊！想到這裡，吉敷情不自禁地發出歡呼：明白啦！明白啦！新幹線列車上的乘客一齊轉過頭看著他。

那飛機票呢？染谷在自家的車庫裡思考千鶴子屍體的棄置場所時，一定在千鶴子的衣服裡發現了機票。染谷進一步檢查後，又發現了『隼號』列車的單人寢台車票。仔細研究，發現兩張票的日期是今明兩天，而『隼號』列車此刻正往九州方向奔馳。染谷是何等聰明的人物！他從這兩張票中，識破了九條千鶴子的計畫。

接下來，染谷首先要考慮的問題是，如果就這樣把屍體丟棄的話，會產生怎麼樣的後果？考慮的結果不甚樂觀。因為千鶴子是半途從『隼號』下車返回東京行兇，如果直接掩埋她的屍體，那麼她就理所當然地在『隼號』列車上蒸發了。隔天，當服務員發現千鶴子不見時，勢必會引起轟動。

這麼一來就成了廣受社會注目的大案子，警方一定會全力調查千鶴子的失蹤案件，不久，警方的注意力或許會轉移到自己身上。這是他不想見到的恐怖未來啊。再者，千鶴子為了製造不在現場證明，事先向東京的同事和熟人大肆宣傳自己的藍色列車之旅，她的半途失蹤，一定也會在熟人之間引起巨大騷動。怎麼辦才好呢？為了防患未然，除了讓她『活』著到九州，別無他法。染谷感到巨大的危險迫在眉睫。

幸好天賜良機，自己身邊的情婦淳子不就是最理想的九條千鶴子替身嗎？

再說自己還留著千鶴子的身邊衣物：服裝和車票機票。可說是萬事俱備。有了千鶴子的精心策劃，除了使用替身和千鶴子本人死亡之外，其餘都可按原計畫繼續完美的進行。這麼一來，千鶴子就變成在九州失蹤，染谷就可遠離危機了。兇手脫掉千鶴子的服裝並且帶走的必要性，大概就在這裡了。為了讓替身淳子穿上這些衣服，兇手有必要把千鶴子所穿的衣服脫下。然後面對裸露的千鶴子屍體，兇手聯想到了洗澡。九條千鶴子裸體泡在浴缸裡的原因終於解開了。

九條淳子與千鶴子的相貌固然不同，但畢竟是姐妹，身型與臉部輪廓還是很像。吉敷盡量回憶兩人的相貌，並加以比較。兩人相貌最大的不同在於眼睛和眉毛。特別是眼睛的差別最大。相對於千鶴子的雙眼皮大眼睛，淳子的眼睛則像她生母的小眼睛。千鶴子的眉毛細而彎，淳子的眉毛雖不濃但很粗。此外還有其他的不同點。兩人的嘴唇形狀不同，脖子的感覺也不同，淳子的頸子不像千鶴子那麼纖細。再來就是黑痣的問題。但是，只要戴上一副大型的深色太陽眼鏡，最大的兩個不同點就被隱藏起來了。兩人的體型和髮型很像。至於黑痣，那是很容易掩飾的。當然，染谷的考慮純粹是從技術層面出發，但不明就裡上場扮演替身的淳子，則成了悲劇性的角色。

染谷為了化解危機，必須讓九條千鶴子的幽靈在『隼號』列車上出現。如果讓身高體型以及服裝全都一樣的女子繼續這趟藍色列車之旅，或許就能瞞天過海。畢竟，周圍的乘客都是與千鶴子初次見面的陌生人。但超出染谷預料的是，千鶴子為了營造強烈的印象，在列車上故意搔首弄姿、吸引乘客目光，結果導致小出夫婦和長岡等人對她的關注。

正因為如此，回到『隼號』列車上的淳子便成為周圍乘客的注意對象，在眾目睽睽之下，淳子擔心露出馬腳，於是改變計畫，提前在熊本站下車。不過，以上推理存在一個問題，吉敷心想。這就是在長岡的文章中清楚地寫出十九日與千鶴子共進早餐的事。這會不會是作家的幻想呢？實際上淳子理應回絕了長岡邀她去餐車的建議？因為對淳子來說，當然要盡量避免與長岡一起吃早餐。但文章的確是那麼寫的。吉敷記起讀了文章後與長岡通話的情況，對方的聲音聽起來似乎不太有自信。

但是，就算是虛構，也沒有理由責備長岡。他畢竟只是創作呀，做夢也沒想到這篇文章對調查殺人事件會有重大的意義。另外還有個問題。十九日那天，小出老人拍下了千鶴子步出熊本站月台的照片。但這張照片只拍到背影。那是淳子嗎？除此之外，有很多事實說明了十九日的千鶴子是替身。小出夫妻不是說過在車上向千鶴子打招呼，但千鶴子有意迴避的事嗎？

長岡的隨筆也幫了點小忙。姑且不論太陽耀眼的事情是否正確，值得注意的是，文中提到千鶴子戴上了太陽眼睛，以及十九日換上深紅色毛衣。千鶴子原來所穿的灰色毛衣，不可能再讓替身繼續穿了。因為千鶴子十八日晚上與染谷纏鬥時，灰色毛衣被刀尖刺穿了，而且沾上斑斑血跡。在置衣籃裡不見胸罩也是同樣的道理。因為沾了血，都被染谷拿去丟掉了。

之所以換上深紅色毛衣，或許是淳子的衣服中沒有另一件灰色毛衣，不得已之下便挑了件深紅色毛衣。因為事態緊急，淳子來不及去買灰色毛衣。至於置衣籃裡的粉紅色毛衣，那是事後染谷把旅行袋和其他衣物送回千鶴子的住所時，由於淳子拒絕提供自己的毛衣，因此染谷只能在千鶴子的衣櫃裡挑了一件粉紅色毛衣作為替代品丟在置衣籃裡了。

吉敷繼續對染谷十九日行動進行推理。關於出現在『隼號』列車上的千鶴子幽靈，可以說已經大致破解，但還是有未解的疑問，那就是千鶴子屍體的處理問題。為什麼染谷不是把屍體掩埋滅跡，而是把它丟棄在成城的死者寓所裡面？對於這個問題，吉敷百思不得其解。

這不是本末倒置嗎？特地找到替身，好不容易讓千鶴子『活』到十九日下午，也就是『活』著把她送到九州，卻讓她的屍體在東京家中被人發現，這不是前功盡棄、破壞了原定計畫嗎？為什麼染谷會做出如此奇怪的舉動呢？但是，只要從頭開始一步步地推測染谷的行動，或許能理解他這麼做的理由吧。

當發現機票和車票，並決定利用淳子代替千鶴子的時候，應該已是十九日凌晨兩點了吧。那天晚上，雨是從凌晨一點半開始下的。染谷首先注意航班的飛行時間。飛機是七點從羽田機場起飛，搭機的乘客必須至少在起飛前二十分鐘到達機場。所以，染谷的時間只剩四個半小時。染谷必須立刻行動。染谷迅速脫下千鶴子的衣服，將上衣穿過刀柄取出。衣服和二張票以及那女人的其他東西放在助手席上，屍體塞進車尾行李箱，然後急忙開車。因為要是淳子已經上床睡覺了，事情就會變得很麻煩。

一見到路邊電話亭，染谷就急忙停車，打電話給淳子。那晚淳子正好出去喝酒，很晚才到家，打電話時她還沒有睡著。染谷在電話中說馬上過去淳子家，請她等一下。

到了淳子家，染谷拿出千鶴子的衣服。染谷說理由以後慢慢再說，務必請淳子換上這些衣服。外套裡最好穿上灰色毛衣，但淳子只有深紅色的毛衣。接下來染谷拿錢給淳子，並把淳子帶上車開往羽田機場。在路上，染谷也許對事情解釋了一遍，但一定不是事情的全部真相，畢竟千鶴子是她姐姐，染谷不會直接說出事實。染谷又對淳子說，這機票是七點起飛的日航三五一號班機，到達板付機場後必須馬上搭計程車去博多車站，在那裡搭上『隼號』列車。染谷又強調，必須從車尾上車，然後在車內走到最前面的一號車廂。上車的情形絕對不能被一號車廂附近的乘客看到。一號車廂有專用包廂，上車後就關在包廂裡，當然也可以去餐車用餐，但在列車上行走時必須戴上太陽眼鏡。

那麼到了西鹿兒島怎麼辦？染谷或許會哄她：妳先住進站前酒店，等我們會合之後，再一起去櫻島玩。但事實上他當然不會去九州，讓已經遠離的危險再度接近自己。他稍後會假裝有急事不能去西鹿兒島，請淳子自己回東京，他再給她一大筆錢作為補償。

此時淳子是否知道真相是個問題。難道淳子沒有發現自己換上的衣服是千鶴子的嗎？或許她真的沒有注意到吧。她雖然覺得事有蹊蹺，但為了錢，還是願意幫助染谷。如果她早就知道真相，或許就不會扮演幫兇了。兩人到達羽田機場時大概是凌晨四點吧，這時離飛機起飛還有三小時。染谷可能在機場附近的酒店先租個房間讓淳子休息。

整個過程也可以做反向思考，也就是染谷先把千鶴子的屍體置於成城的公寓裡，然後送淳子到羽田機場。這裡面還有一個問題。染谷固然有必要開車送淳子到羽田機場，但掩埋千鶴子的屍體同樣也是當務之急。染谷在開車送淳子去機場的路上難道不考慮屍體的問題嗎？不，染谷一定會考慮這個問題。只是染谷在羽田機場為了安置淳子而忙到凌晨四點，到了這時候，染谷對掩埋屍體的做法想必已經死心了。

或者，染谷為了說服淳子花了許多時間，以至於沒有時間在自宅的庭院裡掩埋屍體了。吉敷覺得這倒是出乎意料的正確推論。不管怎麼說，這時已近破曉，染谷根本沒有時間處理屍體了。染谷只有退而求其次，他便轉而思考如何尋找隱藏屍體的適當場所，只要能藏一天就夠了，到第二天晚上再去掩埋屍體吧。吉敷心想，這個推理應該也不會出錯。在時間不夠的情形下，誰都會這麼想。

可是，就算要找地方把屍體藏個一天，也沒那麼容易。把屍體藏在自家車庫或車子的行李箱裡可以嗎？對染谷來說，這麼做一定會讓他極度不安。因為他的身分是醫院院長，有專屬司機替他開車，怎能讓屍體在車庫裡放一天呢？再三考慮之後，染谷終於決定把千鶴子的屍體送回她在成城的寓所。千鶴子曾是他的情婦，他對她的情況十分瞭解。東京的熟人都知道千鶴子去旅行了，況且千鶴子的朋友本來就不多，沒有什麼人會來拜訪她，所以把屍體放回她的寓所，而且只放一天，應該沒什麼問題。

或許，當染谷在車庫裡從千鶴子身上發現機票和車票，從而察覺千鶴子的意圖時，他就知道不可能在當晚處理好屍體了，於是當機立斷，把屍體送回成城的千鶴子寓所。

如果這樣的話，最大的可能是，為了不讓淳子在羽田機場虛度無聊的時間，染谷便先通知淳子在家中等候，染谷則先把千鶴子的屍體送往她的成城寓所。不管怎麼樣，染谷一定是趁深夜無人之際偷偷把屍體搬進她的房中。房門鑰匙可能是在千鶴子身上找到的，也可能是染谷一直保留著千鶴子之前給他的鑰匙。進了房間後，染谷又決定把屍體搬到浴室。萬一有人進了這房間，浴室相對來說隱蔽多了。

既然搬進浴室，一定會聯想到洗澡，與其把屍體放在瓷磚地面上，不如把裸身屍體放進浴缸裡。所以，染谷把死者的內衣褲也脫了。但此時，染谷不覺得需要把屍體泡在水裡，因為只放一天而已，沒有必要放水。

不，等等，事實並非如此，實際上染谷還是在浴缸裡放了水。吉敷驀然想起船田說過，從水母皮的情況來看，那屍體至少在水中泡了三十個小時。這就是說，最晚在十九日早上十點，屍體就已經浸在水中了。早上十點染谷不可能還在千鶴子公寓，這證明了屍體在更早之前就已經被泡在浴缸裡。理由還不清楚，但染谷的確這麼做了。

或許老奸巨猾的染谷已經考慮到屍體萬一被發現的情況吧。一旦被人發現，屍體浸在水中總比放在空浴缸裡好一點。浴缸有水，看起來比較自然；浴缸沒水的話，很容易被人看穿他只是暫放屍體的意圖吧。不管怎麼說，染谷把千鶴子的屍體放進浴缸，而且放了水。他準備第二天晚上再來搬走屍體。

十九日，染谷整天都在醫院辦公室。顯然，他在等淳子的電話。淳子下車後打電話給染谷，告訴他自己在乘客眾目睽睽之下覺得害怕，所以就提早在熊本站下車。染谷無可奈何，然後按預定計畫說他有急事走不開，要淳子馬上回到東京。淳子回到東京後，染谷從她那裡取回了衣服和旅行袋。淳子在『隼號』列車的包廂中發現千鶴子留下的旅行袋等物品。對此，染谷又要怎麼解釋呢？

染谷一定先是隨口敷衍，說以後再跟她解釋。染谷的當務之急是拿回這些東西，然後把這些東西跟千鶴子的屍體一起埋葬。但實際情況並非如此，他只是把這些東西送回千鶴子的寓所。這是什麼道理呢？

不難想像，把這些東西送回『綠色家園』，是十九日至二十日的深夜時分。淳子十九日中午還在九州，到了二十日，警方已經發現了千鶴子的屍體。所以，把東西送到千鶴子的寓所一定是十九日後半夜的事。但是，為什麼那晚染谷不將屍體運出公寓處理掉呢？

真是難以理解……吉敷搖搖頭。

啊！正當吉敷感到困惑之際，彷彿如有神助，吉敷的腦際突然閃現出雪景。原來，是因為大雪的關係呀。十九日晚上，東京下了一場罕見的大雪，馬路上積雪甚厚。也許染谷對於下雪天開車上山沒什麼信心，所以臨時決定延後一天。差不多十五年來，只要東京下雪，馬路上的積雪通常都會在一天內融化。或許染谷以為屍體在公寓裡多放一天也不會被人發現吧。染谷可能更覺得，就算放它個三、四天也沒有問題。

事實的確如此。要不是因為安田偷窺，有誰會去千鶴子的公寓呢？不過老奸巨猾的染谷也考慮到萬一被人發現的狀況，為此採取了掩護自己的措施。他把千鶴子的服裝和旅行袋送回千鶴子的寓所，又在屍體上做了手腳。那麼即使屍體被人發現，也會讓警方誤以為是千鶴子回到東京後在家中入浴時被人所殺。染谷一定是這樣想的。為了達到這個目的，就要盡量延後死亡推定時間，最好能往後延到十九日晚上，這樣在理論上就能騙過警方了。但染谷是個醫生，他深知鑑識人員決定死亡推斷時間的方法。所以他也知道要把十九日凌晨一點半左右的死亡時間延後至十九日晚上幾乎是不可能的事。他唯一能做的就是讓事態模糊，使警方不能立刻查出死者的死亡時間。

要如何讓事態模糊呢？事實上，到二十日凌晨零點時，死者幾乎已距離死亡二十四小時，屍斑以及水中屍體的體溫下降等判斷死亡時間的因素已經沒有太大的意義。對了！把屍體浸在水中的理由就在這裡。那麼，脫掉死者衣服讓她泡在浴缸裡難道不是要讓人以為死者正在洗澡嗎？當然也有這個意思，但更積極的意義在於：冷卻屍體，防止腐敗。

經過兩天，死者的內臟開始腐敗，不久將會蔓延至身體表面。為了模糊死亡時間，就必須盡力延遲死者身體的腐爛。這是最大的前提。所以有必要冷卻屍體。以上就是將屍體浸在水中的最大理由了。由此就能理解為什麼要打開浴室窗戶。在這隆冬季節，把屍體浸在與外面寒冷空氣相接觸的冷水中，就可以盡量延緩屍體的腐爛。

當然，這個方法也是一把雙刃劍，因此便產生水母皮的問題。但經過權衡利弊之後，染谷還是選擇把屍體浸在水中。由於冬天沒有蒼蠅，屍體也不容易生蛆。

但是，透過以上措施，延遲腐敗的效果畢竟還是不夠。染谷接下來還會做什麼呢？

對了，終於知道了！吉敷心想。到現在為止，屍體身上還留有可以輕易判斷死亡時刻的最大證據。這證據就是眼睛！染谷之所以要剝下千鶴子的臉皮，原因就在這裡。

正如船田所說，死者的眼睛，首先角膜會產生白色混濁，然後慢慢成長，經過四十八小時後，最裡面的水晶體也會變得混濁，就無法透視瞳孔了。

吉敷又記起船田之前說過的話。人體的動脈基本上是不會外露的，會浮上皮膚表面的青色血管全都是靜脈。不過有一個例外，那就是眼底的視網膜，在那裡可以用肉眼直接看到動脈。所以醫生為了診斷動脈硬化，會用藥物打開虹膜，然後用放大鏡觀察視網膜上的動脈。這就是所謂瞳孔透視。就這樣，對醫生來說，眼球是他們最感興趣的對象之一。眼球時時刻刻反映著人死後的屍體現象，所以眼球有『死者的時鐘』之稱。為了模糊千鶴子的死亡時間，染谷的確有取走眼球的必要。

但反過來說，染谷這麼做不能不說是極端危險的行為。沒有眼球的屍體，很容易讓警方懷疑這是兇手企圖使警方無法精確判斷死亡時間的行為。所以警方可以很快推斷兇手是有醫學知識的人，搜查的矛頭便會指向染谷。這不是搬石頭砸自己的腳嗎？染谷當然知道這個風險，他為了拿走眼球，乾脆就把死者的整張臉皮剝掉。

這麼一來，死者沒有眼球就不會太明顯了。警方很可能誤判兇手的主要目的是剝臉皮，拿走眼球只是附帶動作罷了。事實也是如此，沒有人會想到有人會為了拿走眼球而剝掉整張臉皮。再說，一般人也不知道人的皮膚可以這麼簡單地剝除。染谷是個優秀的外科醫生，或許只要有一把手術刀，染谷就能在微明的雪光中完成這個工作。

但不幸的是，儘管染谷做了周全的預防措施，但半路還是殺出程咬金，由於安田的偷窺，千鶴子的屍體在二十日就被警方發現了。關於死亡時間的推定，由於染谷的故佈疑陣，時間幅度的確變大了。但與染谷的意願相反的是，警方並沒有延後死亡時間，反而將死亡時間往前推，也就是不認為千鶴子是在旅行結束後被殺，而是出發前被殺。

當然，這個結果對於染谷來說未必不好，佐佐木成了嫌疑犯，染谷暫時擺脫了嫌疑犯的身分。從這點上來說，他在屍體上下的工夫還是發揮了效果。

其實染谷運氣很好：首先是大雨，然後又是大雪（天氣寒冷）幫了他。

唯一的敗筆在於：知道真相後的淳子對他進行復仇。

不久，淳子終於明白了真相：原來，是染谷殺了她的親姐姐，並且利用她來隱瞞殺人事實；而姐姐正是為了救她，才對染谷動了殺機。淳子決心要為姐姐報仇。

淳子的做法跟姐姐一樣，深夜埋伏在染谷慢跑的路線途中襲擊他，結果完成了姐姐的遺願。淳子殺死染谷後餘怒未消，還把『隼號』車票狠狠塞進他的運動服口袋裡。一切都有了解釋，大概沒有錯了。吉敷抬起頭、張開眼，『光九十八號』正好緩緩滑入東京車站的月台。

4

吉敷被人大力搖醒，睜開眼，面前站著中村。

『果然回來了。』中村說道。這裡是警署值班休息室。

『你沒用那張車票嗎？』

『哪兒的話，』吉敷起身時說道，『全靠這張車票，讓我破解了所有的謎題。一開始，殺死九條千鶴子的是染谷；後來，殺死染谷的是淳子。九條淳子是千鶴子同父異母的妹妹。』

中村聽了點點頭，說道：『啊，果然如此。』

吉敷大吃一驚，睡意全消。『什麼？你已經知道了嗎？』

『不，今天早上才剛知道。』

吉敷目不轉睛地看著中村。

『淳子來自首，人已經在署裡了。小山君和今村君好像遇到點麻煩，正等著你過去呢。』

吉敷整個人彈了起來。一進入訊問室，在巨漢般的小山面前，淳子低著頭。今村站在旁邊。朝陽射入的白花花光線照在她的頭髮上。當吉敷走近，小山讓座給吉敷。

『啊，還記得我嗎？』吉敷一邊坐下一邊說道。淳子霍地抬起頭，一雙不像千鶴子的小眼睛因為充血而變得通紅。

『可不可以從頭說起？』吉敷的洪亮聲音，在早晨寂靜的訊問室裡，像舞台劇開場白一般震盪著。這是最後一幕戲了。但淳子或許是太累了，也可能因為過度緊張，說話斷斷續續，不得要領。小山和今村露出無可奈何的表情，但又焦急萬分。

『不如這樣，』吉敷說道，『要妳從頭說起可能要花太多時間。我們大致上已經掌握了案情，頂多也只有兩、三個問題要問妳而已。

『所以，不如由我來替妳說明案情的經過，如果有不正確的地方，請妳指出來，並加以解釋。怎麼樣？』

淳子低著頭表示同意。於是吉敷把昨晚在『光號』列車上重新組織的案情推理從頭到尾細說了一遍。這些話連中村、今村和小山也是第一次聽到。隨著吉敷侃侃而談，站在淳子背後的中村，臉上漸漸露出佩服的神色。由於慢慢講述，差不多花了三十分鐘。淳子仍然低著頭，一次也沒有糾正吉敷的說話。吉敷也充滿自信，覺得自己對案情的重組是完全正確的。

『怎麼樣？都說對了嗎？』吉敷說道。淳子的頭垂得更低了，在吉敷眼前，淳子的捲髮慢慢垂下。這可以看成是淳子點頭同意，但也可能只是頭垂得更低而已。

吉敷似乎頗為得意。然後以法律守護者的姿態，帶點道德說教的語氣對淳子說：『妳為姐姐報仇的心情，我們能夠理解。可是殺人不是守法公民應該做的事呀。』

聽吉敷這麼說，淳子突然抬起臉瞪著吉敷，並用清晰的語調說：『你錯了！我根本不是為姐姐報仇。我恨姐姐。』

吉敷一下子錯愕不已，心想淳子是怎麼啦？『妳說什麼？妳知道剛才自己在說什麼嗎？』

淳子的眼神明顯有異。是不是因為過度激動導致暫時性精神失常才胡言亂語？『我當然知道自己在說什麼。刑警先生剛才說明的案件經過，大致上都對，只有說到姐姐的那部分，大錯特錯。』

『我說錯了？』

『是的，你完全說錯了。』淳子用哭泣般的聲調說著，似乎不能忍受這樣的錯誤判斷。

『說什麼姐姐為了我去殺染谷先生，我非常感激你的說法……哈哈哈。』淳子突然笑起來。她一邊大笑，眼淚卻簌簌地流下來。

『妳到底想說些什麼呀？要不要休息一下再談？』吉敷用嚴厲的語氣說道。

『不，我沒問題。』淳子的語氣開始變得像女學生一樣溫順。

『刑警先生有什麼問題就問吧。』

『那好，妳當姐姐的替身這件事，染谷是用什麼藉口說服妳的呢？當妳在「隼號」列車上發現姐姐的旅行袋時，妳又有什麼反應？』

『沒什麼反應。』

『那時候妳還不知道染谷殺了妳姐姐吧？』

『已經知道了。』

『妳知道？』

『是的。』

『明知道染谷殺了妳姐姐，但妳還是願意幫助染谷？』

『沒錯。』

『為什麼？』

『因為我討厭姐姐。』

『但是……稍後妳也應該明白，姐姐完全是為了妳才對染谷痛下……』

『不，你搞錯了。』

『我錯在什麼地方？』

『姐姐是不允許染谷跟我這種農家女發生關係的。』

『什麼？妳說什麼？我想是妳誤會妳姐姐了吧？』

『刑警先生是不會明白這種事的。不，男人都不明白。你有把握說你完全瞭解我們姐妹間的事情嗎？』

吉敷氣餒了，只有沉默以對。

『在我上小學之前，姐姐離開今川老家時，你能想像她對我們說些什麼嗎？』吉敷繼續沉默，等著淳子說下去。『她輪流指著爸爸和我，罵我們都是畜生。』

吉敷暗地裡大為驚訝。

『我憎恨姐姐，而且越來越恨，這樣的情感沒人能夠理解。我立志長大後也要去東京，要做個比姐姐成功的女人。』在吉敷耳邊，吹得雪花亂舞的日本海風聲又復甦了。

『那麼……』

『至於染谷先生，當我知道他是姐姐的前男友時，我就主動接近他。新宿「愛其雅」的佐佐木也是一樣。反正姐姐的興趣是什麼，我也跟著做什麼。公寓也一樣。我看到姐姐住在成城的公寓大廈，我就決心要搬到更豪華的大廈去。』

這是什麼心態呀？吉敷心想。『染谷是妳姐姐介紹妳認識的嗎？』

『是的。姐姐雖然把我介紹給了染谷，但她滿懷自信的認為，染谷不會對農家女有興趣。但我……』

『於是妳努力接近染谷？』

淳子點點頭。『不過，不管怎麼努力，在漂亮的程度上我始終比不過姐姐。但我也有姐姐沒有的魅力。』

那是當然的，吉敷心想。但他沒有說出口。

『姐姐是個非常自負的女人，在她眼裡我只是個農家女。』

『嗯。』

『我早就覺得姐姐不像我和爸爸這樣的鄉下人，她是另外一種人。』

吉敷突然想起在北海道見過的千鶴子生母的臉孔，然後又想起在今川見到的淳子生母的臉孔。淳子的說話不無道理，但是——『就憑這些，千鶴子就該被殺嗎……』

『不止這些，我對那女人還有其他的個人恩怨。至於染谷先生嘛，待我還算不錯。』

『怎麼不錯？』

『染谷先生這個人很會說謊，他常會說要買東西給妳，但事後又會找藉口推託。但是他不會對我來這一套。』

『是嗎？那我要問妳一個問題，既然染谷對妳不錯，為什麼妳還要殺死染谷呢？』

『你又搞錯了。染谷先生不是我殺的。』

『哦?!那兇手是誰？』

『是他自己跌倒，刀子插進胸口而死的。』

『什麼？難道染谷也想殺妳嗎？』

『是的，不過讓他起了殺人念頭的也是我。所以，這應該不在染谷先生的計畫之內。自從出了姐姐的事情之後，染谷先生一直隨身帶著防身用的刀子。』

『那他為什麼要殺妳呢？』

『因為我拒絕把「隼號」列車的車票還給他。我為了保護自己，就一直留著那張車票。這麼做也許沒什麼意義，但至少可以當作證據吧。那天在熊本站下車，我沒有從收票口出站。』

『染谷把妳叫去，就是要妳交出車票嗎？』

『沒錯，但被我拒絕了。我還嘲笑他，叫他別威脅我。』

『結果他就勃然大怒了？』

『是的，他竟然拿出刀子，說不給車票就殺了我。我害怕了，於是趕緊逃跑。他在後面追趕。因為天黑的關係，他被石頭絆倒，刀子就正好刺中自己的胸膛。』

『哦，原來是這樣。』

『他躺在地上不斷喘氣，而且一直喊著要我把車票還給他。我十分害怕，就把車票塞進他的衣服口袋裡，然後一走了之……』

『原來如此，我全明白了。』吉敷也嘆了一口氣。自己的推理基本上沒錯，只是在最後有了偏差。中村和今村又問了兩、三個問題。疲累的吉敷怔怔地聽著。小山好像對他說了什麼。

『哦，你說什麼？』吉敷抬起頭，反問小山。

『我問你可不可以把淳子帶走？我想做筆錄。』

『啊，當然可以啦。』

淳子向吉敷、中村、今村鞠躬致意後，跟著小山出去了。吉敷因為案件終於解決而放下心頭大石，但伴隨而來的卻是虛脫感。

『對於身為單身漢的你來說……』中村一邊坐在淳子剛剛坐過的椅子上，一邊說道，『這恐怕是留著苦澀餘味的一個案子吧。』

吉敷噗哧一笑，說道：『何以見得呢？我本來就不認為所有的女人都是天使呀。』

接著吉敷又問道：『今日幾號了？』

『三月五日，星期一。』中村答道。

『開始查案時是一月二十日，一晃眼一個半月就過去了。』

這時不知為何，吉敷腦際突然浮現在富川見過面的壇上良江，耳畔響起她說的話：

『殺人者一定會有報應。那孩子一定會作祟報仇，她從小就是這樣的。』

事態的發展確實被良江不幸言中。吉敷想把這件事告訴中村，但覺得解釋起來太麻煩，乾脆轉頭談論別的話題。

『還弄得到藍色列車單人寢台的車票嗎？』吉敷不勝懷念的說道，『要知道我只坐了兩站，在名古屋就匆匆下車回東京了，實在可惜呀。』

中村聽完開懷大笑說：『只要你刑警的身分不變，想坐單人寢台旅行的夢想就永遠不會實現啊。』

聽中村這麼一說，吉敷倒真的開始覺得可惜了。而且，因為提早下車，也失去了回故鄉尾道的機會。說到這，吉敷突然想到九條千鶴子也不可能再坐第二次藍色列車到名古屋了，心裡不禁對她產生一絲憐憫之情。

5

案件圓滿解決，設置在成城警署內的搜查本部便宣佈解散。吉敷和中村又回到櫻田門一課，接下新的工作。事後吉敷與成城警署的今村通過電話。聽今村說，新橋的染谷醫院已經從染谷和上一代院長的母校醫科大學請來新的年輕院長。染谷的兒子還是初中生，暫時不能接下醫院的工作。

不過，案件結束後只過了十天，也就是三月十六日那天，一個意想不到的人打電話給吉敷。他就是札幌的牛越。破案後吉敷曾和牛越通過電話，向他簡單說明了破案經過，並對他的協助再次表示謝意。吉敷以為有關這件案子的事情，終於告一段落了。

『是吉敷先生嗎？我是牛越呀。』北海道的刑警照例用優閒的語調說道，『不知道你還記不記得富川的壇上良江？就是那個不大可愛的歐巴桑。』

吉敷當然記得啦。

『那個歐巴桑說要見東京的刑警先生，瞭解女兒被殺的經過。我已經對她大致說明，但她不能接受。』

『是嗎？跟她見面是沒問題，可是最近我走不開呀。』吉敷旁邊，另外兩支電話響個不停。

『不、不，她說要自己上東京去找刑警先生。我說東京的刑警都是大忙人，想盡力阻止她，不過這個歐巴桑的脾氣很倔，看樣子非上東京找你不可了。』

『哈哈，原來如此。但她知道來這裡的路嗎？』

『那倒不成問題。總之那婆婆非上東京不可了，實在很抱歉。』牛越的語調充滿歉意，好像那歐巴桑是他家的人。

『那也沒辦法了。』吉敷說道，『要是她來的話，我會請她喝茶吃飯，把事情經過源源本本地告訴她。』

『對不起啊，百忙之中還要讓你招待那個頑固的歐巴桑……』

『那她什麼時候到東京呢？』

『明天或後天吧。』

『搭飛機嗎？』

『不，大概是坐火車吧。』

『我會通知接待處留意這件事的。』

『打擾你了，不好意思。』牛越在電話中反覆表示歉意。

壇上良江第二天早上就來到警視廳。她穿著一件清爽的淺茶色外套，化了淡妝。吉敷突然想起，春天真的來了。帶她到咖啡館後。良江還是沒有笑容，她似乎天生沒有笑臉這東西。

『上次碰到妳時，妳對這件案子完全不感興趣，這次又是什麼風把妳吹來了？』吉敷說道。良江默不作聲。

吉敷突然想知道這女人到底幾歲了。『壇上女士是哪一年出生的呢？』看不出她是大正還是昭和年間生的。

『二年。』

『昭和二年？那今年五十七歲了？』吉敷還想說點什麼，但還是把話吞了回去。與在北海道見面時相比，她明顯老了很多。

『五十六。』良江硬邦邦地說。

『肚子餓了嗎？』吉敷親切地問道。

『不，』良江說道，『還是談正事吧。是染谷辰郎殺死千鶴子的嗎？』聽她的語氣，好像跟染谷辰郎很熟似的。可能是從牛越那裡聽到的吧。

於是吉敷從頭開始，一五一十地說明案件詳情。因為事情已經解決，沒什麼好隱瞞的了。而且這個叫壇上良江的女人是被害人的生母，她有知道真相的權利。吉敷講話時良江一言不發，眼睛也不看吉敷，只是盯著空中。不過她非常認真地聽著。等到吉敷講完，她的表情依然沒有任何變化，一樣什麼話也沒說。吉敷覺得有點掃興。

她沒有提出任何問題，只是一直保持沉默。吉敷心想，既然如此，又何必遠道跑來東京呢？從牛越那邊一樣可以知道這個案子的消息呀。這一陣子吉敷很忙，他還是特地放下手頭的工作來招待壇上良江的。吉敷正想開口下逐客令時，良江把手伸進手提袋裡摸出一本東京市分區地圖集。地圖集還很新，看起來是剛買的。

『千鶴子是在哪裡被殺的？』良江問道。

吉敷翻開大田區那一頁。千鶴子遇害的地點嚴格來說並不確定，但應該離發現染谷屍體的地方不遠。吉敷用手指著多摩川河岸一帶。

『染谷也是死在這裡嗎？』良江冷淡地說道。吉敷點點頭。她拿回地圖集，瞇起滿是皺紋的眼睛，細細打量地圖；然後再把地圖集遞給吉敷，問他染谷家是不是離這裡不遠？吉敷說沒錯，就在這一帶，又用手指了大概的位置。

壇上良江嘆了口氣。然後把地圖集放回手提袋，迅速從椅子上站起來。

『妳想了解的事情都弄清楚了嗎？』吉敷問道。良江一邊嘀咕一邊點頭。『妳是要去河邊供花嗎？』吉敷再問背對著他的良江。她點點頭，喃喃說了聲『多謝！』吉敷著實吃了一驚。

吉敷默默地送她走出玄關。推開玻璃門，她弓著背，從吉敷身邊穿過，融入陽光燦爛的東京熙攘街頭。

五天後。換成中村來找吉敷了。『阿竹，聽說北海道的歐巴桑來過了？』吉敷幾乎忘了這件事。『嗯，那是好幾天以前的事了。』吉敷答道。

『是牛越君跟你說的嗎？』吉敷一邊關上抽屜，一邊問道。但中村沒有回答。吉敷抬頭一看，只見中村臉色凝重。

『怎麼啦？發生什麼事了嗎？』吉敷再次問到。

『嗯，那個歐巴桑好像沒有回富川家裡。』

吉敷迅速轉向中村，表情驚訝。『什麼？她還沒回家嗎？』

『至少現在為止還沒有。』

『她失蹤了？』

『現在還不能確定，先盡量找找吧。你跟她見面時，有沒有預感她可能失蹤？』

吉敷回憶那天見面的情況，但根本不記得她有不再準備回家的蛛絲馬跡。『完全沒有那種感覺呀。』

『她來幹什麼？』

『是來聽我說明案件的始末。然後向我打聽她女兒被殺的地點，說要去案發現場供花。』

『哦！』中村漫應道。臉上露出憂慮之色。

又過了兩天。三月二十四日星期六，牛越在電話說壇上良江還是沒有回到富川。

不知不覺間，氣氛又變得凝重起來。每當同事接聽電話時大聲喊著『身分不明？橫死屍體？在哪裡？』時，總會讓吉敷心驚肉跳。

但是，等待了許多天，不管是活人，還是屍體，壇上良江都沒有出現在吉敷面前。

在吉敷的內心裡，懷疑的陰影逐漸擴大。壇上良江，九條千鶴子的生母，出乎意料地突然出現在他面前，然後又突然消失無蹤。她究竟來東京做什麼呢？如果說她想了解案情細節，有牛越跟她說明應該也夠了。再說也可以打電話來問呀。

至於去現場供花一事，吉敷也再次深入思考。被害者的母親去現場供花雖然是司空見慣的事，但她來東京只是為了做這件事嗎？吉敷的腦際又浮現良江向自己打聽地點時的樣子，那句『多謝』的囁嚅聲也同時在耳中迴旋。

吉敷特地擠出一點時間去多摩川現場轉了一圈。由於離她來訪已經一個星期了，供奉的花束早已不見了。此時正好有個二十人左右的學生運動社團在這裡跑步。吉敷拿出警察手冊把他們攔下。問他們是不是每天都來這裡跑步？他們說是的。又問他們上週六和本週一有沒有來跑步，回答一樣是肯定的。但是問他們有沒有在這一帶看到花束，所有人都搖頭。如此說來，良江並沒有來這裡供花？——

吉敷回到警署後，影印了發現染谷屍體地點的地圖，去見拘留中的淳子。淳子盯著這張地圖，然後輕輕搖頭說這跟染谷先生絆倒後被自己的刀子刺中的地點不大一樣。吉敷聽了大吃一驚。

『妳確定嗎？』在吉敷追問之下，淳子似乎不太有自信。但稍作考慮之後，她堅持說道：『圖中的地點離河堤太近。那時候染谷說這裡耳目太多，說話不方便，所以就把我遠遠帶到河邊。』

『這麼說來，你們是在河邊開始爭吵？』

『對。』

雖然必須注意淳子可能為了逃避責任而說謊，但這時在吉敷腦際浮現出的卻是染谷身上被河水浸濕的運動服。屍體所在位置離河水很遠，如果說染谷是在河灘上與人追逐纏鬥之後被殺死在河堤附近，那兇手非得是個彪形大漢不可。

『染谷是在河邊絆倒的嗎？』

『不，不是在河邊。』

『那是在水裡了？』

『我逃跑的時候，正好涉過一段河水。』

吉敷陷入沉思。然後繼續聆聽淳子的證詞時，卻聽到更驚人的事實：她似乎看到染谷自己拔掉插在胸口的刀子。當她轉身逃跑時，染谷拿著刀子在後面追趕，但沒多久就被東西絆倒摔在地上。她擔心回頭觀望，只見刀子插在倒臥在地的染谷胸口上。那時淳子驚恐萬分，雖然不記得現場的詳細狀況，但有一點可以肯定：當她回到染谷身邊，把車票放進他的運動裝口袋時，發現刀子已經從胸口拔出，抓在他的右手上了。

吉敷大受震撼。如果淳子說的是真的，不就表示染谷把剛從胸口拔出的刀子再度刺回自己的胸口。世上有這麼奇怪的事嗎？

吉敷決定重新審查這個案子，重新審視刀子、染谷的屍體位置、花束、壇上良江的失蹤等與案件有關的線索。

同時對染谷辰郎的過去，也必須徹底清查。

第六章

活著的千鶴子

1

一切都照我的想法運作。雖然我沒有露面，卻完全達到了我的目的。回想起來，我總是為了那個男人哭泣。他太喜歡玩女人，在金錢上揮霍無度。但如果只是這樣，也許我會忍下去，睜隻眼閉隻眼就算了。我的父親生性頑固，聽不進別人的話。在父親去世之前，我就知道那個人其實一直在自我壓抑、忍氣吞聲。一旦苦盡甘來，重獲自由，一定會反其道而行地大肆發洩。

可是，以養子的身分進入染谷家的他，現在不但厚顏無恥地將醫院據為己有，還想要跟我離婚。我的丈夫被父親及家族裡其他人欺負時累積的鬱憤，在他們死去的今日，終於以這種形式爆發出來。

這個辰郎，一直有玩女人的壞習慣，從他還叫樋口辰郎的時候就是這樣。但要是只在可以用錢解決的範圍內玩玩，我可以視而不見。想不到不知從哪裡冒出來的乳臭未乾的小女孩，竟然覬覦起院長夫人的位置，我可就吞不下這口氣了。代代相傳的染谷醫院院長位置，必須由兒子來繼承。不能讓染谷醫院斷了香火，這是我作為染谷家女兒應盡的義務。對於命中注定是獨生女的我，這是不得不做的事。

為了達到這個目的，我只能拚死一搏。但兒子還沒成年，在他長大之前，我不適合拋頭露面。作為染谷醫院院長夫人的萌子，我必須蟄伏在田園調布的豪宅裡深藏不露。

但在家中，要如何才能殺了我丈夫呢？我費盡心思後得到的結論是：絕對不可在家中下手，這關係到兒子的將來。於是我終於想到利用九條千鶴子這個計畫。這個九條千鶴子，是我丈夫在結婚前的一段不倫之戀的對象，有夫之婦九條良江的女兒。這是我請徵信社秘密調查後得到的事實。

辰郎當然心裡有數，但千鶴子似乎不知道她母親曾經跟我丈夫有過這段風流往事。

千鶴子的父親發現妻子不忠，便斷然與她離婚。離開九條家，千鶴子的母親並不覺得惋惜，因為她一心一意只想和年紀比她小的樋口辰郎醫生一起生活。我丈夫也就是辰郎也明白千鶴子母親的心思，但他重利輕義，不但拋棄了千鶴子母親，還轉過頭來向我求婚。

樋口辰郎以非常優異的成績畢業於J醫科大學。我的父親也是J醫大出身。與父親同期畢業，現在J醫大當教授的老友，向我父親推薦樋口。當時，辰郎剛喪父，他的母親很早就過世了，加上沒有兄弟姐妹，也沒有其他親戚，孑然一身流落天涯，正是染谷家的理想入贅對象。父親對他非常滿意，至於我的意願如何？那就不在父親的考慮範圍之內。我比辰郎大四歲。辰郎雖然有些不滿，但絲毫不曾動搖他的野心。結果，他選擇成為染谷家的養子，拋棄了千鶴子的母親。九條良江又恢復了壇上良江的名字，回到北海道老家，在清貧中度過後半生。

樋口辰郎是個極度自私的男人。他一面勾引有夫之婦，使對方被夫家掃地出門，然後為了貪圖金錢，竟毫不在乎地拋棄對方，然後向染谷家提親。也就是說，樋口辰郎是毀掉九條千鶴子母親幸福的男人。如果讓千鶴子知道這些事，必然會驅使她做出某些行動——我把賭注放在千鶴子身上，對她充滿期待。要如何讓她知道事實真相呢？寫信是不行的，因為這樣會留下證據。打電話又如何？萬一對方錄音的話，一樣不安全。於是我喬裝打扮，和千鶴子約在銀座的咖啡館見面。當時她和辰郎其實已經沒有關係，但我假裝以為他們還在一起，對她發出忠告，希望她不要變成辰郎的第二個犧牲者。

當千鶴子知道自己前些日子的金主，竟然就是以前經常跟隨父親來越後老家出診的樋口辰郎，感到驚訝萬分。她說完全沒想到是他。千鶴子沒看出那人的真面目是可以理解的。我想起當時來我家相親時的辰郎的樣子：身型瘦削，高個子，沒戴眼鏡，說話輕聲細語，與現在判若兩人。但這男人竟然把母女三人都騙上了床！千鶴子知道後氣得臉色發青，說是絕對不可原諒。我暗自竊喜，覺得事情大有希望。

一如我的計畫，不久後千鶴子果然想親自殺了辰郎，可惜失敗了。身為妻子的我，馬上就知道丈夫出了事。他半夜出去慢跑，卻直到天亮都還沒回家，他是去醫院治療自己身上的傷口了。雖然他不讓我知道遇襲的事，但他臉上不時流露的痛苦表情，已經說明了一切。

不久刑警來到家中，從他們的口中，我知道了表面上發生了什麼事。不用說，這都是我丈夫精心安排的結果。

據說九條千鶴子在成城自己住所的浴室裡，被人殺死而且被剝掉臉皮。可是在她被殺的時候，偏偏又有人在『隼號』藍色列車上看到千鶴子——情節猶如奇幻故事。我一時間也深感迷惑，不明白其中奧秘。但經過數日細心思考後，終於識破了辰郎的詭計。

當然這只是我的想像，一切都還沒得到驗證。

根據我丈夫出事的情形，以及警官眼中看到的事實，綜合起來後，我大概就能推測到辰郎採取了哪些行動。他為了保護自己，耍了一系列誤導警方的花招。這些花招本身就已經可以當作犯罪證據。要是我向警方揭發辰郎的詭計，他的事業和前途勢必不保。

但是，如果周圍的人都知道我丈夫是罪犯的話，對兒子的將來一定會造成影響。所以向警方檢舉就只能當作最後的手段。這時我發現自己在無意間掌握了一張王牌，也就是洞悉了辰郎的犯罪花招。但是這張王牌，能夠當作打消辰郎離婚念頭的交換條件嗎？

不，看來還是不行。我不過是個孤苦伶仃的女流之輩，而且又上了年紀。丈夫是魁偉的男子漢，又是外科醫生，他要殺我簡直易如反掌。我必須繼續思考對付他的辦法。

但是一方面想不出好辦法，時間又非常緊迫，辰郎一定已經準備要跟我離婚甚至殺了我。每天，我都在焦躁不安中度過。

就這樣，在事情過去將近兩個月後的三月四日，竟發生了一件意想不到的事。那天深夜辰郎照例去河堤慢跑，但過了很久還是不見他回家。身體衰弱的我，穿上厚實的外衣，戴上手套出門尋找。這雙手套後來幫了我一個大忙。

我大概知道他的慢跑路線。於是我到了河邊，登上河堤，在黑暗中，赫然發現前面有個大男人匍匐在地，一面發出呻吟一面向我爬過來。這人就是辰郎。附近沒有人影。辰郎似乎也看到我了，發出高興的呼叫聲。我快步上前，抱起他的上半身。

只見他的右手抓著一把刀子，左手捂住胸部傷口。他說跑步時不小心跌倒，刀子正好刺中胸口。我從他手中拿下刀子，檢查他的傷口。

『傷口不算大。』辰郎喃喃說著，『外表看不出來，大概刺得不深吧。』

真是千載難逢的好機會！就在這一瞬間，我對準辰郎胸部的傷口，使盡全身力氣把刀子深深刺入。不自然的深呼吸聲——辰郎臨死前的喘息聲永遠留在我的耳畔。

我放下丈夫的身體，彎著腰迅速跑下河堤。我暫時躲入草叢中，忍受巨大的恐怖，一面觀察河堤上的情形。當確認堤上沒有人車後，走出草叢，頭也不回的逃回家中。

當附近派出所的巡警來我家告訴我丈夫的死訊時，我不需要再演戲了。因為我已經崩潰，被救護車送往醫院。躺在醫院病床上時我一直喃喃囈語著。後來聽兒子說，當時我幾乎處於精神錯亂的狀態。

我完全不相信辰郎是因為跑步絆倒在地而被刀刺死，一定是有人對他突襲。我的估計果然沒錯，第二天，千鶴子的妹妹向警方自首，事件圓滿地解決了。警方對我毫不懷疑，我終於有驚無險地達到了目的。

2

但是，我也有失算之處：那就是千鶴子的母親察覺了我的計謀。三月十八日下午，壇上良江突然出現在我家玄關前面。她逼近我，厲聲說道：我已經知道一切，妳還不從實招來？她沒有任何武器，只有手上的一塊大石頭，也許是從河灘上撿來的吧。看她氣勢洶洶，我不由得連連後退，但她緊隨不捨，穿著鞋衝上走廊，把石頭丟了過來。只聽見砰的一聲，電話矮桌應聲倒下。這天正好是星期天，英男在家。他聽到聲音，便下樓看是什麼事，他看到壇上良江把我揪住，便趕緊跑到良江身後，從兩脅下伸過雙手勒住她的脖子。良江一鬆手，我就撿起良江丟過來的石塊，沒命地朝她的頭上砸去。

最壞的結果發生了，良江被我打死了。如果她不出現的話，一切該是多麼美好。如今，寧靜的生活頃刻間毀在這女人的手上。而且，最恐怖的事發生了，那就是我的兒子也不幸被捲入事件當中。

我沒有駕照，讀初中的兒子當然更沒有了。請司機開車當然絕對不行。如此說來，就不可能把屍體運到遠處丟棄了。我決心獨自承擔責任。用塑膠紙包裹屍體，等待夜幕降臨時，把屍體埋在院子裡。掩埋只是權宜之計，等到屍體變成白骨後，再挖出骨骸，另外處理。

英男挖了一個洞穴，把作為兇器的石塊和屍體一起埋葬。我對兒子說，剛才的事，你就當作做了個惡夢，忘了這一切吧。一旦事情曝光，全部責任由媽媽一人承擔，就算要死，也是媽媽的事，跟你完全無關。媽媽只希望你好好讀書，以後進醫科大學，繼承染谷家的香火。兒子點點頭，他沒有問我死者的身分。

我反覆擦拭走廊上的血跡，一面激烈地思考著。良江說她問了刑警才知道我家的地址，所以，她會把自己對案件的看法告訴警方嗎？不。如果告訴警方的話，刑警就會跟良江一起來找我了。聽那女人的口氣，多半沒有對警方說出真相。那麼，關於壇上良江的問題又怎麼辦呢？根據以前的調查，我知道她一個人沒沒無聞地住在北海道的偏僻鄉村，她從獨居的家中『蒸發』，應該不致引起太大的騷動。然後我又反覆檢討自己的行動。如果不把屍體埋在自家的庭院，而是丟棄在河灘的話，又會怎麼樣呢？這樣做可能更不妙。因為警方如果找不到兇手，最後一定會把壇上良江的屍體和我聯想在一起。

那麼把屍體肢解，然後一點一點運到遠處拋棄的話呢？憑我的體力，我沒有信心能獨自完成。我又不想再讓兒子介入這種罪惡的勾當。所以，這辦法還是不可行。

真是人算不如天算，由於那女人的執念，事態還是會往對我不利的方向發展，這是顯而易見的。如果警方發現那女人失蹤了，一定會找到我身上。但不管怎麼說，我畢竟是被害者的妻子。警方就算懷疑我，他們也拿不出任何證據。單憑刑警的想像，是不可能拿到逮捕令的，當然也不可能拿到搜索令了。警察總不能當著被害者妻子的面，說請妳挖開庭院草地好不好？就算這麼說了，只要沒有搜索令，我也可以拒絕。但我感覺到戰爭已經開始了。這是一場我和刑警之間的戰爭。良江以她的生命為這場戰爭揭開序幕。

或許警方暫時還沒有想到這一層，但可能性還是很大。除非我能將良江的骨骸挖出並妥善處理，否則就要有這樣的覺悟才行。所以，我必須掌握事件的全貌，最起碼要有刑警的了解程度。不這樣的話，今後就不能進行平等的戰爭。我不但要勇敢地迎接這場戰爭，而且一定要戰勝，因為我不能斷了染谷家的血脈和染谷醫院的前途——這是我的責任。

對於整件事情，我是這麼想的。九條千鶴子搭乘藍色列車的單人寢台，但在中途下車，折返東京。她埋伏在辰郎深夜慢跑的路線上要刺殺他。然後利用飛機趕上『隼號』列車，重回車內包廂。這麼一來，在辰郎死亡期間千鶴子正在九州旅行，建立了完美的不在現場證明。這就是千鶴子的如意算盤。但是她失敗了。她反被我丈夫殺死。辰郎把千鶴子的屍體搬回成城公寓，又讓淳子做替身，重返『隼號』列車。這都是辰郎做的。他為人狡猾，頭腦靈活，且具有很強的行動力，是個充滿罪惡智慧的人。

如果以上屬實，那麼登在《相機A》雜誌上的那張照片，應是為了折返東京在中途站下車之前的九條千鶴子。據刑警說，拍攝這張照片的人叫小出忠男，這人在搭車隔天的十九日還拍下了千鶴子在熊本站下車的照片。照我的推算，在熊本站下車的已經是千鶴子的妹妹淳子了，怪不得拍不到正面而只有背影。如果不是這樣，就證明我的推測有錯。但我不相信自己推測錯誤，只要這張照片裡不是千鶴子的臉孔，就證明我的推測正確。要是不能證實這一點，我就無法安心，而且對以後的計畫造成障礙。

之後幾天，我的腦子一片空白，整日迷迷糊糊。一看日曆，不知不覺間已經是三月三十日星期五。啊，良江埋在院子裡已經十二天了，是不是已經慢慢變為白骨了呢？我記得以前聽父親說過，人體埋在地下，十天後就會成白骨。所以我打算四月時挖出骨骸另外處理。

我終於下了決心，打電話到《相機A》雜誌編輯部，詢問小出忠男的住址和電話號碼。後天是兒子畢業旅行的出發日，明天要替他準備行李，所以我想在今天把事情辦好。

暴露自己染谷遺孀的身分是不智的。所以我用讀者的名義打電話給小出忠男，表示自己一直非常欣賞他的攝影作品，尤其是登在本期《相機A》雜誌，在藍色列車上拍攝的女子照片，實在拍得太好了！這樣的照片簡直是最高的視覺享受，我有意猶未盡的感覺，所以想看看那個女子沒有刊登在雜誌上的其他照片，不知能否如願以償？小出聽了我的恭維後非常高興，說妳任何時候都可以過來看照片。我立刻說太感謝了！那就今天上門拜訪。

出了行德站，馬上就看到小出氏的公寓大廈了。到了他的房門前，按下門鈴，小出忠男有點張惶地走出玄關，說沒想到妳來得這麼早呀。他已經是個老人家了，但在電話中聽他的聲音，我還以為他是跟我同輩的人，真是耳聞不如見面了。小出氏讓我看了其他照片，一如預料，都是晚上拍攝的千鶴子的照片，也就是說都是十八日的照片。就在此時，玄關的電鈴響了。小出老人出去，不一會他拿著一個綠色紙袋回到接待室。

『是這樣的。知道妳要大駕光臨，我挑了幾張自認為拍得不錯的相片去放大。』

聽他這麼一說，我倒覺得不好意思起來。小出老人完全把我當作攝影同好了。

『照相館的人剛剛送來放大的照片，妳的運氣真不錯。妳大概想看白天拍的照片吧，這裡面就有第二天拍的照片。』

小出老人說完，從紙袋裡掏出幾張放大的彩色照片遞給我。不錯，混雜在晚上拍攝的千鶴子艷光四射的照片中，果然有步出熊本站的淳子背影照片。當我翻到最後一張照片時，我的手突然像凍僵似地停在半空。此時所感受到的震撼性衝擊，是我一生難忘的。我的心臟幾乎要停止跳動了。這裡是熊本站月台。照片右上方垂掛著熊本站名的牌子，在這塊站牌下面——回眸一笑！多麼懾人心魄的回眸一笑！向著我，九條千鶴子回過頭，唇邊浮現戲謔的笑容。這相貌絕對不會錯，我的眼光絕不會看錯，照片裡的人不是淳子，而是她的姐姐九條千鶴子！千鶴子搭車到了熊本站！這說明我的推理錯了。在熊本站下車的不是替身淳子，而是千鶴子本人。那麼，泡在成城『綠色家園』公寓浴室裡的那具無面女屍呢？她究竟是誰?!

我強作鎮靜，不想讓小出老人看出我錯愕的表情。我突然覺得頭暈目眩，說不出一句得體的話。我實在不明白為什麼我的推理會出錯，看來整件事必須重新檢討。

看我長時間低著頭看照片，小出老人開始露出懷疑的神色，問我照片有什麼不妥？

『不，照片太吸引人了。』我勉強說出這句話。但沒多久，手指便開始顫抖。看來，這件事的計謀並不像我到目前為止所想的那麼簡單，似乎有更深不可測、更恐怖的東西存在。或許，這東西才是我真正的敵人！刑警反而變得無足輕重了。

『前些日子，刑警來過了。他們也是來看這些照片的。』小出氏說道。

『哦，那他們有看過這張照片嗎？』我迫不及待地問道。

『嗯，這張照片嗎……』老人考慮片刻後說道，『不，這張照片他們沒看到。因為這張照片正好在下一捲底片的中間，要等整捲底片拍完後才能沖洗，所以來不及洗給他們看。』

熱心的小出老人又拿出他拍攝的風景照要我欣賞，但被我婉拒了。我半帶著放鬆的心情回到家中。千鶴子在熊本站月台回眸一笑的照片已經為我帶來沉重的打擊，但想不到回到家中，還要面對更大的震撼。

3

有一封限時信丟在信箱裡。在白色信封上用秀麗的女性筆跡寫著我的名字和住址。翻看信封背面，沒有地址，只是清晰地寫著寄信人的名字：九條千鶴子。

染谷萌子小姐：

久未通信。我是九條千鶴子。妳覺得驚訝嗎？其實，我沒死，我活得好好的。

我完全明白妳的計畫和妳所做的一切。我從一開始就在注意妳的行爲了。妳自以爲做得十全十美。但實際上，按照完美的計畫行事，並取得完全勝利的，是我而不是妳。

爲什麼說我是勝利者呢？且讓我說明理由。的確，到目前爲止，事情完全按妳所想的進行，警方的注意力也沒有轉到妳身上。但妳要知道，這一切是以我的死亡爲前提。如果我今天還活著，把妳的所作所爲源源本本告訴警方，情況又如何？妳平靜的生活是不是即將不保呢？

妳只做錯了一件事情：就是沒有確認我是否眞的死亡。關於這個詭計，遠非刑警想的那麼簡單，而是一個天大的陰謀。但對我來說，事情雖然做得完美，卻有個不滿的地方。我冒了那麼大的風險，卻得不到哪怕是一點點金錢上的利益。不過我還保留了一個牟利手段：那就是妳。老實說，我也有我的打算。如果我把眞相告訴警方，那就一分錢也得不到。而妳家財萬貫。妳既是有錢太太，又是謀殺丈夫和一個老太太的兇手。如果說妳只要付一千萬日圓就可以買到未來的安穩生活，應該是物超所值吧。

我對金錢的要求僅此一次。當然信不信由妳。但我不是說謊的女人。

妳不是很想了解藍色列車中發生的事情眞相嗎？現隨信附上四月一日星期天的『隼號』車票，請務必親自搭車體驗。由於時間匆促，不能買到單人寢台車票。我因私人理由將在名古屋站上車。當『隼號』列車從名古屋開出後，請妳移步到最前面的一號單人寢台車廂，我會在一號車廂的走廊等候。實際上，置身『隼號』列車上，所謂身歷其境，就比較容易說明我的工作了。妳只要支付一千萬日圓的觀賞費，我就演一齣再現眞相的獨幕劇給妳看。那麼，四月一日在『隼號』列車一號車廂見。到時我將說出一切。請向妳的寶貝兒子問好。

勿忘攜帶觀賞費！

九條千鶴子

又及：我只有一個人。若妳不是一個人來，我什麼話都不會說。而且，妳和我只是觀眾和演員的關係，我們不做任何商量。還有一點請注意：如果我有什麼三長兩短，記錄事件詳情的書面資料就會自動寄給警方。

信封上有郵戳，蓋的是名古屋印章，莫非那女人在名古屋？——

第二天是兒子畢業旅行的出發日。今天已經是三十一日了，我根本沒時間考慮該不該按千鶴子的指示去搭『隼號』列車？要是不搭車的話，我又有什麼辦法對付她？無可奈何之下，只有去銀行領出現金一千萬圓。到了第二天，兒子去旅行了。這天下午，我將一千萬圓紙鈔分放在四個信封裡，又將這四個信封放入手提袋底部，然後叫計程車直奔東京車站。

對我來說，這還是第一次搭乘『隼號』藍色列車。以前搭乘列車旅行都是搭新幹線列車。事實上我很少坐火車，我的人生基本上和旅行無緣。列車滑出東京車站，當車子通過橫濱和靜岡後，我逐漸坐立不安。下一站就是名古屋。我開始後悔搭上這班車。懊悔自己在沒有弄清楚那女人用意的情況下輕率上車。現在想起來，我一開始利用那女人導致了她的被殺，然後又殺死她的母親，那女人的用意顯然是報仇。也許我就要死在這『隼號』列車上了。我必須有充分的心理準備。只是我死後，兒子一個人不知道會怎麼樣？

我站起身來，慢慢走向一號車廂。我想在列車到達名古屋前先做一番調查。一號車廂非常安靜，所有包廂的門都關著，通道上也沒有人影。我不覺得有任何異常。我想還是先回二號車廂吧，畢竟我不清楚那女人特地要我搭乘藍色列車的用意。如果只是要拿錢，什麼地方不可以？要對我說明真相，也不一定非在藍色列車上不可呀。而且，還指定搭同一班『隼號』列車，那女人究竟葫蘆裡賣什麼藥呢？好在對方也是個單身女人，我不認為在她背後還有男人或什麼組織當她的靠山。如果這樣的話，我倒願意接受她的挑戰。不過，我有兒子這個負累，這是我最大的弱點。如果有人對英男下手，我一定束手就擒。

英男?!——一想到他我就全身發冷。兒子此刻應該已經在鹿兒島了吧。莫非?!這就是那女人指定我搭乘今天這趟車的理由嗎？今天是兒子畢業旅行的日子呀。那女人會不會對旅途中的兒子玩什麼花樣？她不是說因為私人理由要在名古屋站上車，難道這理由是……列車的速度迅速減慢，看來就要到站了。窗外掠過高樓大廈和霓虹燈。名古屋終於到了。

那女人一月十八日應該在這裡下車的。我的推測是，她在這裡下車後馬上搭乘新幹線折返東京。可是這個推測錯了。現在，那女人反過來在名古屋搭乘『隼號』列車，這意味著什麼呢？真是個強悍的女人！她一定是為了向我證明什麼吧。

『隼號』列車滑進月台。我將手提袋放在膝蓋上用手緊緊抓住，眼觀夜色中的名古屋站月台。當緩緩前進的列車停下來的時候，那女人應該會登上一號車廂吧。

我的臉貼著玻璃窗，凝望月台。我相信不會看漏任何異常情況，但看不到有人快步向一號車廂走來。列車完全停止了。我開始懷疑自己的眼睛，沒有人！月台上任何地方都沒有九條千鶴子的身影。難道這是個圈套?!我全身變得僵硬。我按照指示死心眼地來到這裡，實在是愚不可及。我見到好幾個乘客登上『隼號』列車，但其中沒有像九條千鶴子那樣的女人。

列車慢慢起動了，通過月台，名古屋消失在黑暗的後方。我想，自己是否看漏了什麼東西呢？不，應該不會看漏吧。不久當窗外變得一片漆黑時，我又擔心自己看漏了東西。當然，也有可能那女人改變了預定計畫。如果那樣的話，千鶴子就不會搭乘這班列車了。對！沒錯，我想。如果是這樣的話，眼前就沒有危險了。

此時在我心中出現了微微的安心感。然後，這安心感順著我緊繃的神經向全身擴散。於是我以意外輕鬆的心情起身，決定去一號車廂做個確認。我緩慢地在通道上向前走，打開二號車廂門，可以見到照例是靜悄悄的一號車廂部分走廊。怎麼樣？繼續向前走，願神保佑我吧。經過車廂連接處，當我推開一號車廂門的時候，頓時明白自己實在太天真了。些微的安心感消失得無影無蹤，取而代之高度的緊張感。我緊緊握住裝著一千萬日圓現鈔的手提袋，停下腳步。向前望去，在毫無人氣的走廊盡頭，站著九條千鶴子。好像時光倒流，九條千鶴子還是穿著灰色的短外套、灰色的褲子和灰色的毛衣，跟相機雜誌上的照片完全一樣。

可以看到她的側臉，她戴著太陽眼鏡，斜靠在板壁上。猶如人偶一樣，一動也不動。我踏著地毯，慢慢向她靠近。雙膝微微發抖。走廊上沒有人影，雖然我逐漸靠近，那女人仍無動靜。差不多只剩兩公尺距離了，我喊道：『妳是九條千鶴子小姐嗎？』

那女人依然一動也不動。

『我照妳的意思送錢來了。妳不會對我兒子下手吧？』

人偶般的女人終於慢慢轉過身來，臉上露出討厭的微笑。我想起在小出老人家見到的那張照片。就在這一瞬間，我旁邊的包廂門打開了，裡面走出一個高大的男人，向我亮出黑色的警察手冊。我不由得驚呼出聲，然後縮起脖子閉上眼睛。我不明白究竟發生了什麼事？等我睜開眼睛，千鶴子慢慢脫下太陽眼鏡。

『啊，我找錯人了！』我大聲叫道，『妳不是千鶴子。』

『妳說得對，她叫淳子，是千鶴子的妹妹。』高大的男人說道。我想起他是曾經來過我家名叫吉敷的年輕刑警。

『我們要逮捕妳。』刑警對我說，『警方懷疑妳謀殺壇上良江。我們在妳家庭院已挖出遺體。』待我恍然大悟，我的背後已站著多名像是刑警的男人。

4

幾天後，我在審訊室問刑警：『那麼，我想千鶴子畢竟不可能活著，她早就死了吧？』

『沒錯。』吉敷答道。

『這麼說來，那封信是你寫的囉？』

『妳看寫得怎麼樣？』

『那那張照片呢？熊本站月台千鶴子回眸一笑的照片是怎麼回事？』

『那可花了我們好大的力氣。』吉敷說道，『接到妳的電話後，小出先生馬上打電話告訴我有位女士想到他家觀賞在「隼號」列車上替千鶴子拍的照片。我馬上想到這位女士就是妳。要知道妳親自去小出先生家看照片，給我帶來很大的麻煩。因為那封信已經寄出，應該很快就會送到妳家。所以照片就會露出千鶴子已死的馬脚，這麼一來，我就前功盡棄了。所以我們請印刷公司協助，在最短時間內製作合成照片。最近，製版掃描機在印刷廠得到廣泛應用，配合電腦就能簡單地製作合成照片。因為妳打電話給小出先生後立刻就去他家，所以合成照片晚了點才送到。』

『淳子小姐與警方配合得很好呀。』

『那是一課課長的工作。』

『為什麼要利用淳子引我到車上？就為了在列車上逮捕我嗎？』

『是為了要在妳家庭院裡挖掘。』

『噢，那天我兒子去旅行，你們用調虎離山計把我引開，真是高招。』

『因為我們希望埋屍的時間不要太久。』

『你們是從什麼時候算起？』

『從壇上良江失蹤那天算起。她來東京是為了跟我見面。她說想去多摩川看看女兒被殺的地方，為此還買了東京地圖集。有目擊者說曾見到她在多摩川河堤一帶徘徊，但是此後就行蹤不明了，也就是說在妳的住所附近失蹤。但是，要把壇上良江的失蹤跟妳聯繫起來很困難。妳是被九條淳子殺死的男人之妻，這樣的人沒有動機殺壇上良江。倒是良江或許有殺人的動機。但假如壇上良江死了，那就不能不考慮這事情跟妳的關係了，除非她是自殺。所以我重新審查那個案子，結果發現不少疑點。首先根據淳子的證詞，她看到因為不小心將刀子刺進自己胸膛的染谷辰郎自己拔出了刀子，但事後我們發現刀子深深地插在屍體的胸口。

『再說，屍體的所在位置也跟淳子指證的地點不同。我們發現屍體時，屍體位於離淳子指證地點較遠的河堤上。分析這些事實，我們認為只因為不慎跌倒而被刀子刺傷胸部，不可能插得那麼深以致直達心臟，要做到這種程度，除非有另一人的介入不可。所以又引伸出另一個疑問，那就是千鶴子殺染谷的真正理由是什麼？按照她妹妹的說法，她是為了維護自己的尊嚴而動了殺機，作為男人的我，當初同意淳子的看法。但後來細細想來又有點懷疑，女人會只憑這樣的理由就起意殺人嗎？

『為此我徹底清查了染谷辰郎的過去。他是新潟縣村上市人，舊姓叫樋口。樋口辰郎就是簽署九條千鶴子雙胞姐妹死亡證明書的樋口醫生的兒子。我又去他就讀的J醫科大學調查，知道他在正木教授的推薦下成為染谷家的養子。妳的家族，一代接一代地經營新橋的醫院，但到妳這一代，偏偏沒有男丁，只生下妳這個獨生女兒。所以染谷家不得不考慮收年輕的醫生做養子。但令尊是個愛挑剔的人，擇婿條件頗嚴苛，以致妳年過三十還名花無主。樋口辰郎父母雙亡，又沒有兄弟姐妹，對染谷家來說是沒有後顧之憂的理想人選。知道了以上事實，我就比較容易了解壇上良江這個人了。辰郎與有夫之婦良江有染，良江為此而被九條逐出家門，但是辰郎不顧良江而去，到染谷家做了入贅女婿。辰郎曾多次去九條家出診，當時良江既年輕又漂亮，辰郎貪圖她的美色而勾搭上她。今川的當地人對這個話題雖然噤若寒蟬，但暗地裡還是流傳著九條的前妻與名叫村上的年輕醫生通姦的流言。事實上，千鶴子的父親就輕蔑地稱樋口辰郎是樋口醫生的放蕩兒子。不知不覺間，流言就變成良江與辰郎私奔的小道消息了。事實上，良江的確有意與樋口辰郎共結連理，而樋口辰郎在上染谷家提親之前，恐怕也有此意。透過這點讓我明白了千鶴子殺染谷的動機，也明白了良江襲擊妳的動機。當然，對於妳的行為也就完全可以理解。自從令尊去世後，辰郎反其道而行之，不務正業，耽溺於吃喝玩樂。夫妻關係越來越淡泊，妳開始感受到他準備與妳離婚的威脅。身為贅婿，染谷醫院也幾乎被他據為己有。為了力挽狂瀾，妳終於下了除掉他的決心。

『現在看來，這起事件具有雙重結構，是淵源很深的事件。事件表面上看起來是解決了，其實這只是按妳的意圖巧妙運作的結果。我也因為疏忽而沒有發現整個事件的主謀是妳。不，假如沒有壇上良江的失蹤，恐怕我到現在也不知道妳是主謀。良江因為女兒被害而襲擊妳是有理由的。但我們沒聽到妳遇襲受傷或甚至死亡的消息，倒是良江就此失蹤，這就不能不懷疑妳殺死良江的可能性了。但是，妳沒有駕照，兒子也不可能有。不難想像，屍體一定藏在妳家某處或埋在庭院裡。因為時間拖得越久，就越難處理，為此我想出了這個調虎離山之計。畢竟我們手上沒有妳殺人的證據，何況屍體又埋在妳家裡，不想辦法把妳支開，我們就破不了案。』

『這麼說來，你們倒是很有自信能在我家挖出證據嘛。』我不無諷刺地說道。

『如果有自信，我就會申請搜索令採取正面行動了。我要考慮經過妳的處理屍體已經不在妳家的可能性。如果搜查失敗，後續的事就麻煩了。何況還要顧及警方的威信。』

『所以你準備偷偷挖掘？』

『對。萬一挖不到屍體，就恢復原狀。』

『特別選擇我兒子去畢業旅行的日子？』

『是的。但我想妳也會贊成我們這麼做。』吉敷這話倒說得不錯。

『為什麼要等到列車開出名古屋站後才見面？』

『因為要在妳家庭院裡開挖。我想列車開到橫濱或靜岡時挖掘工作可能還沒完成，所以決定等列車開出名古屋站後才見面。幸好八點半時同事打電話來名古屋車站，說已經發現屍體。我終於鬆了一口氣，慶幸自己和一課課長不用寫檢討報告了。』

『我輸給你了。』我說道。這是出自肺腑之言。我輸給了這看來跟我兒子一樣年輕的刑警。此外，我也輸給了壇上良江的執念。

『我還是第一次碰到你這種有頭腦的刑警。平常你都是用這種欺騙手法來破案嗎？』

『不，這還是第一次。因為妳太難以對付了，才不得不出此下策……噢，還有另一個理由。』說到這裡，吉敷將頭側向一邊，臉上露出調皮的微笑，然後轉過頭，對我說：『因為那天正好是四月一日愚人節。』

作者註：本書使用日本交通公社一九八四年一月刊行的《日本列車時刻表》。

國家圖書館出版品預行編目資料

寢台特急1/60秒障礙/島田莊司著 ;董炯明譯.-- 初版.-- 臺
北市：皇
面；　田莊司推理傑
作選；7)
ISBN 957
861.57　5

皇冠叢
島田莊

寢台特急1/60秒障礙

作　　者—島田莊司　　譯　者—董炯明
發 行 人—平雲
出版發行—皇冠文化出版有限公司
台北市敦化北路120巷50號　電話◎02-27168888
郵撥帳號◎15261516號
香港星馬—皇冠出版社(香港)有限公司
總 代 理　香港灣仔告士打道88號19樓
電話◎2529-1778　傳真◎2527-0904
出版統籌—盧春旭　版權負責—莊靜君
編務統籌—孟繁珍　外文編輯—程道民
美術設計—王瓊瑤　印　　務—林莉莉・林佳燕
校　　對—鮑秀珍・邱薇靜・孟繁珍
著作完成日期—1984年
初版一刷日期—2005年8月

讀者服務傳真專線◎02-27150507
皇冠文化集團網址◎www.crown.com.tw
電腦編號◎432007　ISBN◎957-33-2168-8
Printed in Taiwan
本書定價◎新台幣220元/港幣73元

銷	中台書店 TEL：2900-7288 FAX：2900-7261
店名	北e線 永和文聖*
出版	皇冠 皇冠
書號	9789573321682
書名	島田莊司推理傑作集7 寢台特急1／60障礙 /20
定價	220　1/1
日期	94.08.20